911代理店❹

ビヨンド

渡辺裕之

ハルキ文庫

JN122583

角川春樹事務所

EMERGENCY CALL 911 AGENCY 4

Contents

911代理店会社紹介

企業理念

小悪党を眠らせるな

被害者と共に泣け

隣人に嘘をつくな

社長

岡村茂雄《おかむらしげお》……元警視庁捜査一課刑事。60代前半でブルドッグに似ている。

探偵課

神谷隼人《かみやはやと》……元スカイマーシャル。40代前半。183センチ。

鍵のご相談課

貝田雅信《かいだまさのぶ》……元爆弾魔。30代前半。172センチ。太り気味で丸い顔をしており、人の好さそうな雰囲気。

セキュリティのご相談課

外山俊介《とやましゅんすけ》……元掏摸師。30代半ば。175センチ。眼鏡を掛けていても眼光の鋭さがわかる。

クレーマーのご相談課

尾形四郎《おがたしろう》……元詐欺師。通称"ドク"。眉が太く目が大きい。40代半ば。168センチ。心理学を応用し、喋りがとにかく達者。

篠崎沙羅/玲奈《しのざきさら/れいな》……凄腕のハッカー。解離性同一性障害。24歳。162センチ。

木龍景樹《きりゅうかげき》……情報屋。30代後半180センチ。広域暴力団心龍会若頭。

畑中一平《はたなかいっぺい》……神谷と同期の現役警察官。警視庁捜査一課三係主任。

プロローグ

夏真昼。

加賀真江《かがさなえ》は、あらかわ遊園の入場口から脇目も振らずに観覧車を目指した。

その左目は赤く腫《は》れ上がり、血走った目は吊り上がっている。切符売り場の職員がその形相《ぎょうそう》に固唾《かたず》を呑み、周囲の親子連れが彼女を避けた。

真江は観覧車の乗り口で立ち止まると、後《うし》ろを振り返った。ノースリーブの水玉のワンピースを着た華奢《きゃしゃ》な女の子が、距離をあけて付いてくる。

「怖いから乗りたくない」

娘は震えていた。

「いいから乗るよ」

真江は、娘の手首を摑《つか》んでゴンドラに乗り込んだ。

「一、二、三、四、五、六、……」

娘は真江の正面に座ると、膝を抱えて呪文《じゅもん》のように数字を数え始めた。

真江はハンドバッグから煙草《たばこ》と百円ライターを取り出した。火を点《つ》けようとしたが、煙草を挟んだ指先が小刻みに震える。

「いつまで数字を数えているんだ！」

真江は苛立《いらだ》ち気味に煙草に火を点けると、ゴンドラの壁を足で蹴った。

驚いた娘は両手で口を押さえ、嗚咽《おえつ》を漏《も》らす。

「うるさいんだ。まったく」

真江は忙《せわ》しなく煙草を吸っては煙を吐き出しながら、西の方角を見つめた。観覧車に乗れば、富士山が見えるかと思ったが積乱雲で隠れている。

観覧車は一番高いところで三十メートル、七分ほどで一周する。ゴンドラはゆっくりと下り始めた。

溜息《ためいき》を吐いた真江は、煙草を口に咥《くわ》えハンドバッグから血の付いた果物ナイフを取り出した。

娘は恐怖に顔を歪《ゆが》ませ、ゴンドラの窓に張り付くように下がった。

「あんたを殺そうとは思っていないよ。馬鹿だね」

真江は柄の部分をハンカチで拭《ぬぐ》い、ナイフの刃をハンカチで摘《つま》んで逆向きにした。

娘は両眼を見開き、果物ナイフと真江を交互に見ている。

「ナイフを握ってごらん。いいから握りな」

真江が猫撫《な》で声で言った。

「…………」

娘は激しく首を振って涙を流した。

「このくそガキ！　言われた通りにするんだ！」

真江は娘の頰を左手で叩いた。娘の両眼が一瞬白眼になる。

「ナイフの柄を握ったらすぐ離してごらん。おまえの指の跡が残ればそれでいいんだよ」

真江は再び優しい声音を発した。

娘は強張《こわば》った顔で、果物ナイフを握りしめた。

「それでいい。おまえはまだ八歳だ。誰も咎《とが》めないからね。もういい。ナイフを離しな」

真江は煙草の煙を娘に吹きかけた。

「分かった」

口角を上げた娘は、ナイフを真江の胸に突き刺した。

悪夢

1・五月八日PM3：50

二〇二二年五月八日、午後三時五十分。中野区《なかのく》。

ベスパに乗った神谷隼人《かみやはやと》は、中野通りを北に走っている。

昨年まで都内の移動は、ビアンキのロードバイクが一番と思っていた。だが仕事ではさすがに自転車はあり得ないので、社用車であるジープ・ラングラーを使うこともある。しかしそれもいつも使えるわけではないので、バイクを買ったのだ。仕事で使用するため、会社のエントランスに停めてもいいと許可を得ていた。

神谷は米国の緊急電話番号に由来する〝株式会社911代理店〟という会社に所属しており、所在地は大久保《おおくぼ》駅にほど近い百人町《ひやくにんちよう》の路地裏にある。警視庁捜査一課の元刑事だった岡村茂雄《おかむらしげお》が社長で、困っている人にサービスを提供する便利屋のような会社だ。

社員は、貝田雅信《かいだまさのぶ》、外山俊介《とやましゆんすけ》、尾形四郎《おがたしろう》、探偵課を担当する神谷の他に事務を担当する紅一点の篠崎沙羅《しのざきさら》である。

神谷が探偵になったのは、単純に元警察官だからである。経歴は少々変わっており、機動隊からＳＡＴ（特殊急襲部隊）を経《へ》てスカイマーシャルと呼ばれる警視庁東京国際空港テロ対処部隊の航空機警乗警察官という超エリートの警察官だった。

だが、二〇一五年のパリ同時多発テロで恋人を亡《な》くしたことを機に退職している。捜査課でなかった神谷は探偵業はずぶの素人《しろうと》だったが、叩き上げの捜査一課の刑事だった岡村のアドバイスを受けながら今は独《ひと》り立ち出来るようになった。

また、岡村の勧《すす》めで司法書士の資格を取るべく勉学に励《はげ》んでいる。刑事と違って探偵は組織の応援がない分、弁護士とまではいかなくても法の知識を得て資格を持てば武器になるからだ。

神谷と岡村は元警察官という経歴を持つが、鍵《かぎ》のプロフェッショナルである貝田は、機械工作の趣味が昂《こう》じて高性能な爆弾を制作し、河原で時限爆弾の実験をしていて逮捕された経験を持つ前科者だ。

外山は超が付く天才的スリの名人で一流の強盗でもあった。犯罪者としての知識と技術で大手防犯会社のコンサルタントもしている。彼も前科二犯である。

尾形は、東大を卒業後にハーバード・メディカルスクールで心理学に行動科学も取り入れた論文を発表し、博士号を取得した高学歴の持ち主であった。詐欺《さぎ》を研究するうちに、いつのまにか大規模な詐欺事件に関与してしまい、二度も収監された前科者だ。

岡村は三人の前科者を二度と犯罪に手を染めないという条件で保証人になり、会社に受け入れている。慈善家のように聞こえるが、岡村は特別な捜査を行うべく最高のプロフェッショナルを得るためにリクルートしたのだ。

バイク用ワイヤレスイヤホンに電話の呼び出し音がする。

神谷はヘルメットにセットしてあるマイクの通話ボタンを押して返事をした。

「はい、神谷」

――篠崎です。すみません。そろそろ私の業務が終わります。

沙羅は遠慮《えんりよ》がちに言った。

彼女は午後四時まで仕事をして一旦眠りにつき、午後七時に玲奈《れいな》という別の人格に入れ替わって目覚《めざ》める。沙羅は解離性同一性障害で日中は気立が優しい女性だが、夜になると玲奈という正反対の粗暴な人格になるのだ。

ただ、単に人格が変わるだけでなく、ＩＱが百七十という天才に変貌《へんぼう》する。

彼女は天才プログラマーで、スマートフォン用のゲームやアプリを開発して稼《かせ》いでいた。沙羅がこつこつと真面目《まじめ》に事務仕事をし、夜は玲奈がプログラマーとして働くという二重生活を送っているのだ。

「ああそうか。ありがとう、お休み」

神谷は名残惜《なごりお》しそうに言った。彼女と朝の運動や食事を一緒にすることが日課になっている。それだけで充分なのだが、帰社後に彼女は別人格になっているため寂《さび》しくもあった。彼女とは歳の差もあるため、特別な感情を抱かないようにしているが割り切れないものがあるのだ。

——あのお……。自動車に気を付けて下さいね。お休みなさい。

「ありがとう」

神谷は首を捻《ひね》りながらも通話を終えた。彼女はいつもおっとりしている。さきほどの会話は特段変ではなかったが、それでも何か違和感を覚えたのだ。

「おっと」

神谷は青梅《おうめ》街道を渡り、減速した。前方で配送トラックが停車したせいで、前を走っていた数台の車が止まった。タクシーを挟んで二台前を走っている黒塗りのベンツを尾行しているのだ。

ベンツには外資系の製薬会社ファンタムの常務である板梨弘信《いたなしひろのぶ》が乗っており、尾行は一週間目になる。板梨が日本では未承認の新型コロナの治療薬《ちりょうやく》である〝マグファントム〟をサンプルとして米国の親会社から取り寄せ、知人の病院に横流ししているという情報を神谷は得ている。

未承認でも新型コロナの治療薬が欲しいという患者《かんじゃ》や、違法でも重篤《じゅうとく》な患者に使いたいという医師もいる。そういう意味では、患者のために行っているのなら理解できるが、板梨は未承認薬を高額で卸《おろ》しているという。

板梨は、他にも癌《がん》治療薬や発毛剤など、日本で未承認の医薬品を自分の地位を利用して輸入していることをこれまでの調査で摑んでいる。扱っている薬はサンプルという名目なので、米国から手に入れること自体は法には触れない。だが、それを営利目的で販売することは薬事法だけでなく、会社に対しては特別背任罪、あるいは詐欺罪も成立するだろう。確たる証拠を摑んで、警視庁時代の同期で捜査一課の畑中一平《はたなかいっぺい》に教えるつもりだ。最初から畑中に情報を流せば、捜査二課が捜査をするだろう。だが、情報源を言えない事情があるため、それは出来ないのだ。

対向車が通り過ぎ、車が流れ出した。

「よし」

呟《つぶや》いた神谷はバイクを進めた。

2・五月八日PM7：50

ベスパに乗った神谷は、中野区の青梅街道沿いにある福王山《ふくおうざん》・慈眼寺《じげんじ》の前を通り過ぎ、二百メートルほど先の路地に左折した。

住宅街を抜けて一方通行の道に出ると、天城峠《あまぎとうげ》という居酒屋の店先にバイクを停める。

「あらっ。神谷さん。今日は、バイク？」

店から出てきた多田野瑠美《ただのるみ》と、鉢合《はちあ》わせした。大学生のバイトで、この店の主人多田野拓蔵《たくぞう》の孫娘である。

「昼飯も食べていないから腹が空《す》いちゃってね。あれっ？　もう閉店の時間か」

腕時計を見ると、午後七時五十二分になっていた。新型コロナの流行で、営業時間は午後八時までとなっている。

「大丈夫ですよ。入ってください。お客様、ご来店！」

瑠美は神谷の手を引っ張って暖簾《のれん》を潜《くぐ》った。

「いらっしゃい」

禿頭《はげあたま》に捻《ねじ》り鉢巻きをした拓蔵が、板場から顔を覗《のぞ》かせた。いつもと違って元気がない。長引く新型コロナの影響で、客が減ったとぼやいていたが、そのせいだろう。

「すみません。閉店間際に来て」

神谷は店内を見回し、頭を下げた。客は誰もいない。瑠美は表の暖簾を下げようとしていたのだろう。

「カウンターにどうぞ。生？」

拓蔵は手招きをした。

「いや、今日はバイクで来ているんで、飲めないんですよ。簡単にできるもの頂けますか？　閉店時間になりますし」

神谷は頭を掻《か》いて笑うと、拓蔵の前の椅子《いす》に座った。

「マグロと鰹《かつお》と蛸《たこ》の刺身定食ならすぐ出来るよ。すまないね。急な宴会《えんかい》が入って、ちょいと忙しいんだ」

拓蔵も笑顔になった。元気がないのではなく、ただ忙しいだけらしい。それにしてもこの時期に、しかも閉店間際に宴会を開くというのはどういう連中なのだろうか。

店の引き戸が開き、一八〇センチ前後の屈強なスーツ姿の男たちが入ってきた。

「あっ、神谷さん」

先頭の苦み走った顔立ちの男が声を上げた。〝こころ探偵事務所〟という興信所の副所長である奥山真斗《おくやままさと》という男だ。後ろには彼と所属を同じくする星野正信《ほしのまさのぶ》に筑紫信雄《つくしのぶお》もいる。

神谷に気付くと、笑顔で頭を下げた。

「宴会って、三人で?」

神谷は三人の顔を順に見た。

続けて、サングラスを掛けた中年の人相が悪い男が入ってきた。

「どうしたんだ。おまえら? ……これは、神谷さん」

出入口から男たちを掻き分けて現れたのは、木龍景樹《きりゅうかげき》という広域暴力団心龍会《しんりゅうかい》の若頭である。心龍会の会長は七十八歳になり、実質的に組を動かしているのは木龍だそうだ。

木龍は若い頃から喧嘩《けんか》が強く武闘派であると同時に、いくつも事業を立ち上げてきた起業家でもある。同業者からは恐れられる存在だが、組では麻薬や武器の売買を禁止し、アングラマネーに頼らない企業利益で組員に給料を払うなど、経営の才があるインテリでもある。

「幹部会かな?」

神谷は四人を見て笑った。

〝こころ探偵事務所〟は敵対する暴力団の調査も行うが、クライアントの多くは組とは関わりのない浮気調査や企業調査など、一般の興信所とほとんど変わりない。幹部を除く社員も一般募集で雇《やと》われている。

「まあ、そんなところです。ちょっとでも収益に貢献《こうけん》しようと思いましてね」

木龍は小声で言った。この男を「鬼の木龍」と呼ぶ者もいるというが、これほど人情味のある人間もいない。立場上、非情な男を演じているのではないかと思えるほどだ。閉店時間以降に予約したのは、ヤクザ者が出入りすると店が後ろ指を差されないようにという気遣《きづか》いだろう。

「ところで、あの件はどうなりましたか？」

部下を先に奥の座敷に行かせると、木龍は神谷の隣りの席に座った。

「まだ一週間だが、板梨が薬を流している医療機関が五つあることは分かった。ただ、病院では帳簿に載《の》せていないんだ。おそらく現金で直接取引しているのだろう。それに未承認薬とはいえ、医療機関で治験していると言われたら罪に問えない可能性もある」

神谷も小声で答えた。板梨の不正の情報だけでなく、一日三万円の手当まで木龍から貰っている。だから、警察に通報出来ないでいるのだ。

「さすがです。例のお嬢さんも調べてくださったのですね」

木龍は小さく頷いた。「お嬢さん」とは玲奈のことで、彼女が病院のサーバーをハッキングしたと思っているのだろう。実際そうなのだが、これまでも〝こころ探偵事務所〟は直接玲奈に仕事を依頼することがあったのだ。

「そういうことだ。直接薬の売買の現場に乗り込まない限り、無理だな。だが、そんなことをしても、現行犯で逮捕《たいほ》できるわけでもないから、これ以上の調査は難しい」

神谷は首を振った。

「神谷さんでも、しっぽは摑めませんか。仕方がないですね。この情報をお教えするのは、ちょっと躊躇《ためら》いがあるのですが」

木龍は腕組みすると、ただでさえ強面《こわもて》にもかかわらず眉間《みけん》に皺《しわ》を寄せた。

「やはり、裏があったんだな」

神谷は木龍をジロリと見た。木龍から日当を払うから板梨のことを調べて欲しいと頼まれた際、何か胡散《うさん》臭さを感じていたのだ。だが、財界人の不正を見逃す気にはなれず、仕事を引き受けた。

「すみません。実は、板梨は米国から医療用大麻を密輸し、徳衛会《とくえいかい》に卸しているんですよ。業界で流通しているハッパと違って、医療用大麻は混ざり物がない上物です。顧客は政財界の大物が多いと聞きます」

木龍は小声で言うと、頭を下げた。

「徳衛会？　……情報元は鬼束《おにつか》だったのか。だから動けなかったんだな」

神谷は小さく頷いた。心龍会と徳衛会は反目している。だが、木龍と徳衛会の鬼束は、同郷の高校球児として何度も対戦した仲で、裏で繫がっていた。

「徳衛会は何年か前にサツの一斉手入れで二十人以上ぶちこまれた際、会長がハッパの売買を禁止したんですよ。ところが、本社の方から販売を奨励《しょうれい》するように命令が入って薬の売り買いを止められないんで」

木龍はサングラスを取ってポケットにしまった。サングラスを外しても、この男の凶悪な顔に変わりはない。むしろ素顔の方が悪人面《づら》をしている。

徳衛会は広島を拠点とする広域暴力団三代目小谷《こたに》会系の組織で、「本社」とは広島の上部組織からの命令だろう。上納金が少なくなるため、麻薬を売れということに違いない。暴力団の大きな資金源である違法薬物の売買は止められないということだ。

「それで、俺に板梨を検挙させるように仕向けたんだな」

神谷は木龍をちらりと見て苦笑した。鬼束がリークするということは、徳衛会としては止《や》めたいのだ。もっともそれは現実的な問題で、大量に検挙されて勢力が衰《おとろ》えた今はおとなしくしていたいのだろう。

「できれば神谷さんに徳衛会と関わりを持って欲しくないんでさあ。だから、医療用大麻の件はお話ししなかったのです。なんせ、荒っぽい連中ですからねえ」

木龍は腕組みをして天井を見上げた。

板梨が未承認薬で検挙されれば、徳衛会は傷つかない。板梨は逮捕されても、より罪が大きい麻薬売買については口を閉ざすだろう。もし、徳衛会に累が及べば、また関わっていた若い者が逮捕される。神谷にはどうでもいいことだが、木龍は鬼束に義理があるため未承認薬の件だけで収めたいらしい。

「分かった。だが、医療用大麻を調べれば、板梨は未承認薬の件でボロを出すかもしれない」

神谷はにやりとした。医療用大麻も逃げ道はあるのかもしれない。だが、相手がヤクザということなら言い訳は出来ないだろう。

「お手柔らかに」

木龍は頭を下げ、立ち上がった。

3・五月八日PM9：20

午後九時二十分。

神谷は百人町の路地裏に入り、玄関の庇《ひさし》に〝ホテル・エンペラー新宿〟という錆《さ》びついた金属製の看板がある三階建てのビルの前で停まった。

プラスチック製の〝株式会社911代理店〟という看板が貼ってあるガラスドアを開け、エントランスの片隅《かたすみ》にベスパを置いた。

警視庁を退職した岡村が五年前に潰れたラブホテルを買い取り、事務所兼社宅として使っている。

神谷はエントランス内の防弾ガラスのドアを非接触キーで開けた。

外観はラブホテルの面影《おもかげ》を残すが、セキュリティは完璧である。建物の内外に十数台の監視カメラと人感センサーが取り付けられ、各部屋は電子ロックドアに窓は防弾ガラスという具合だ。身の危険を感じた岡村が二年ほど前から改修工事を施《ほどこ》している。

岡村は現役《げんえき》警察官の頃から、政権を担《にな》う自由民権党を陰《かげ》でサポートする〝M委員会〟という組織の捜査をしていた。〝M委員会〟の由来は、「民主主義を死守する委員会」ということらしいが、実態は自由民権党に不利な証言の隠蔽工作や、好ましくない人物の暗殺も厭《いと》わない犯罪集団だ。

岡村は〝M委員会〟によって、犯罪者から賄賂《わいろ》を受け取る悪徳警察官として貶《おとし》められて警視庁を追われた。退職した岡村は〝M委員会〟の目から逃れるべく、前科者を集めてサービス業をはじめたのだ。岡村が睨《にら》んだ通り、彼らは適性を見極めれば素晴らしい能力を発揮《はっき》した。

神谷の入社は偶然であった。退職後に放浪生活を続けていた神谷を元警察官と知った木龍の紹介である。彼は若い頃から岡村の情報屋をしており、世話になった恩を忘れずに今でも陰で働いていた。

エレベーター横の階段で二階に上がり、探偵課と掲示されている二〇五号室に入った。社員は自室を仕事部屋にすることになっているのだ。

一階の一〇一号室は〝鍵のご相談課〟の貝田、一〇二号室は共用の応接室兼会議室、一〇五号室は〝セキュリティのご相談課〟の外山、一〇六号室は〝クレーマーのご相談課〟の尾形が使用していた。一〇三号室と一〇四号室がないのは、エントランスとエレベーターホールのためだ。

二階と三階には五部屋ずつあり、三〇一号室は岡村、三〇二号室は食堂兼娯楽室、三〇三号室は元倉庫、三〇五号室は篠崎が使用している。ちなみに二階には二〇六号室にトレーニングジムがあるが、神谷の部屋以外は空《あ》き部屋のままだ。

神谷は四十平米の部屋の中央をパーテーションで仕切り、手前は事務スペースで奥はプライベートエリアにしている。

「しまった」

プライベートエリアに置いてある冷蔵庫を覗いた神谷は、舌打ちをした。缶ビールが一本もない。天城峠で食事をした神谷は、〝こころ探偵事務所〟の宴会にノンアルコールビールで付き合った。そのため、どうしても本物のビールが飲みたいのだ。三百メートルほど離れたところにコンビニはあるが、今さら外出したくない。

部屋を出た神谷は、階段を上がった。食堂兼娯楽室の冷蔵庫には、有料ではあるが缶ビールも冷やしてある。

「うん？」

神谷は首を捻った。右手にある厨房《ちゅうぼう》で音がするのだ。各部屋にはキッチンはないので食事を作る時は、食堂の厨房を使っていいことになっている。だが、厨房を使うのは賄《まかな》いを作る岡村と玲奈の夕食を作る沙羅だけだ。そもそも沙羅が起きている時間でもない。

玲奈はインスタント食品やレトルト食品などで食事を済ませることが多かった。そのため、沙羅が玲奈の健康を考えて彼女用の弁当を毎日作ることになっている。

「社長……。おっ！」

厨房を覗き込んだ神谷は両眼を見開いた。

「何が、『おっ』よ」

玲奈がフライパンで目玉焼きを焼きながら睨みつけてきた。

「珍《めずら》しいな」

神谷は苦笑すると、カウンターの前に立った。神谷は玲奈が沙羅を除《のぞ》いて唯一《ゆいいつ》気を許す存在である。だからといって神谷に対していつも機嫌《きげん》がいいわけではない。

「今朝から沙羅の体調が悪いみたい。弁当を作ってくれなかった。だから、仕方なく料理している」

玲奈は目玉焼きをフライ返しで皿に載せた。黄身の部分が硬《かた》めに出来たようだが、問題はなさそうだ。

「朝会った時は、普段と変わりなかったけどな……。待てよ。夕方彼女が眠る前に電話をくれた時は、元気がなさそうだったな」

神谷は椀に味噌汁《みそしる》を入れながら言った。朝ご飯は毎食岡村が作ってくれる。また、夕食も毎日ではないが、希望者には準備してくれた。味噌汁とご飯は作り置きが冷蔵庫にあるので、おかずさえ買って来ればいつでも食事は出来る。岡村は社員を家族と思っているらしく、健康管理も考えているのだ。

「明日の朝、沙羅の様子を見てくれる？」

玲奈は　目玉焼きを載せた皿を手に食堂の椅子に座った。このやりとりには慣れている。

別人格の記憶は互いになく、会話することも出来ない。沙羅は四時に寝付く前に玲奈あてのビデオやメールでメッセージを残す。玲奈も沙羅にメールを残す形でコミュニケーションを取っている。なかでも神谷を介して伝言するという手段は、彼女たちのお気に入りだ。

「ああ、そうするよ」

神谷は味噌汁の椀とご飯茶碗を彼女の前に置いた。

「ついでにケチャップも取ってくれる」

玲奈は割り箸《ばし》を割ると、冷蔵庫を指差した。

「ケチャップ？」

神谷は首を捻りつつも冷蔵庫からケチャップと缶ビールを取り出した。

「ありがとう」

玲奈はケチャップを受け取ると、目玉焼きにかけた。

「醤油《しょうゆ》もあるけど」

神谷はカウンターの上に置いてある調味料入れから醤油を取った。

「誰が、目玉焼きに醤油って決めたの？　私は黄身の焼き加減で調味料を変えていたの。生に近い半熟は醤油、半熟の時はウースターソース、堅《かた》焼きになったらケチャップなの」

玲奈は過去形で言った。目玉焼きを食べるのは久しぶりなのだろう。言われてみれば、火を通しすぎた目玉焼きに醤油は合わない。

「さっき木龍から新しい情報を得たんだ」

神谷は缶ビールのタブを引き起こすと、天城峠で偶然《ぐうぜん》会った木龍からの情報を話した。

「医療用大麻。なるほど、米国では合法になっている州もあるから、製薬会社なら密輸しても怪しまれないわね。もっとも、大量に輸入するのは難しそうだけど。何か手伝えることある？」

玲奈は目玉焼きを箸で切り分けると、ケチャップを絡ませてご飯と一緒に口に運んだ。

「我々が気にすることではないが、情報源の徳衛会のダメージが大きいと、木龍の顔が立たないらしい」

神谷はビールを飲みながら思案顔で答えた。

「分かった。何か方法がないか、トライしてみる」

玲奈は茶碗を置いて頷いた。

4・五月八日PM10：00

神谷は玲奈と一緒に食堂兼娯楽室を出ると、彼女が自分の部屋に戻るのを見送った。

彼女は会社の同僚《どうりょう》とも目を合わせることはない。誰であれその掟《おきて》を破れば、玲奈は相手を鉄拳でねじ伏せる。

沙羅は子供の頃両親から虐待《ぎゃくたい》を受け、自己防衛のために玲奈という人格を生み出したと岡村から聞いている。そのため、玲奈は攻撃的な性格をしているのだ。また、沙羅のＩＱは百十だが、玲奈に変わると百七十まで上がる。彼女の主治医である精神科医の田所《たどころ》　修《おさむ》医師の話ではもともと沙羅も玲奈と同じ天才だったが、虐待から逃れるために無意識に知能を抑《おさ》えている可能性があるそうだ。

　彼女の特性を知らずに神谷は入社初日に沙羅を見つめ、入れ替わった玲奈からパンチを喰らった経験がある。沙羅はアイドル並みに可愛《かわい》いということもあるが、なぜかその瞳《ひとみ》に吸い寄せられてしまうのだ。神谷は沙羅の瞳の奥に別人格を見出したからだと思っている。だが、神谷が玲奈に殴《なぐ》られたのは、それが最初で最後だ。今はなぜか、神谷と目を合わせても平気というだけでなく、落ち着くとさえ玲奈に言われたことがある。

　スマートフォンが鳴った。

　岡村から「今から打ち合わせが出来るか？」というショートメッセージが届いた。板梨の捜査状況を聞きたいのだろう。明日の朝に報告しようと思っていたが、待ちきれないようだ。

　神谷は三〇一号室のドアをノックした。

「入ってくれ」

　岡村が渋《しぶ》い声で答えた。

　神谷は部屋に入ると、いつものように仕事机の前の肘《ひじ》掛け椅子に座った。

「明日の朝、報告しようと思っていました。未承認薬の線で板梨を追うのは、限界だと思います」

　神谷は今日の捜査報告をした。

「その件か。それなら君に任せたよ」

岡村はつまらなそうに言う。

「板梨のことじゃないんですか？」

「私は君にM委員会のことで相談しようと思っていたのだ」

岡村は淡々と言った。

「M委員会？」

神谷は肩を竦《すく》めた。

「昨年、我々はM委員会の幹部である菅田《すがた》を失脚《しっきゃく》させた。それ以来、M委員会の情報が聞こえてこないんだ」

岡村はゆっくりと首を振った。

昨年尾形は仲間に引き入れようとするM委員会の構成員に拉致《らち》された。尾形自身は知らなかったが、かつて関わった巨額の詐欺事件はM委員会の資金を集めるためのものだったからだ。M委員会は尾形に再び大規模な詐欺を行わせ、資金を得ようと計画していた。神谷はこころ探偵事務所の協力を得て尾形を奪回《だっかい》し、事件の首謀者《しゅぼうしゃ》である自由民権党の幹部菅田義直《よしなお》に罠《わな》をかけて警察に逮捕させた。以来、M委員会の情報は一切入らなくなっている。

「さすがにM委員会も菅田を失って活動出来なくなったと解釈していますが」

神谷は渋い表情になった。菅田は、神谷の口を封じるつもりでM委員会の幹部だと自慢《じまん》げに話した。だが、銃刀法違反の罪で逮捕された菅田は、M委員会のことは一言も漏《も》らしていない。口にすれば殺されることが分かっているからだろう。一月ほど菅田は勾留《こうりゅう》されたが、保釈されて裁判中である。

「M委員会は活動を本当に停止していると思うか？」

岡村は机の引き出しから電子タバコを出して口に咥えた。

「今だけですよ。七月に参議院議員選挙があります。M委員会は選挙対策で動く可能性があると思います」

神谷は足を組んで天井を見上げた。

「君もそう思うか。自由民権党の候補で当選が危ぶまれている現職閣僚が二人いる。他にも何人か危ない議員はいるが、M委員会が気に掛けるような連中じゃない」

岡村は鼻先で笑った。

「二人の選挙区の対立候補を守らないといけませんね。落選で済めばいいのですが、命を落とすようなことは避けるべきです」

神谷は眉間に皺を寄せた。M委員会の手口はよく分かっている。彼らが守るのは民主主義ではなく、自由民権党だ。そのためには手段は選ばない。

「私は警視庁のパイプを使って警告を発するつもりだ。だが、君も知っての通り、実際に何か事件が起きない限り、警察は動くことは出来ないだろう。そこで、当社とところ探偵事務所でM委員会の謀略に対処することにしようと思う」

岡村は口調を強めた。

「実際には有力な対立候補の陰からの護衛ということになると思いますが、私は今の捜査と兼務することになるのですね」

神谷は小さく頷いた。

「正直言って板梨は小物だ。放っておいても、いずれ警察に捕まるだろう。木龍は同業者の義理で動いているようだが、我々の関知する世界じゃないからね」

岡村は小さく首を横に振った。

「私も同意見です。ただし、私は、木龍に義理がありますので身を入れているんです」

神谷は苦笑しながら言った。

「そうだな。そういう意味では、私も彼に恩義がある。彼の紹介で君のような素晴らしい人物に会えたからね」

岡村は低い声で笑った。

「できれば、私の担当は軽めにしてください。お話は他にもありますか？」

神谷は組んでいた足を戻した。

「M委員会の件はそうするよ。話は以上だ」

岡村は電子タバコの水蒸気を吐き出した。

「失礼します」

神谷は立ち上がった。

5・五月九日AM4：05

玲奈はベッドに横になり、天井《てんじょう》を見つめていた。

何度か寝返りを打ち、枕元のスマートフォンに手を伸ばす。

「どうしたのかしら？」

スマートフォンで時間を確かめた玲奈は舌打ちをした。午前四時を過ぎているのだ。

玲奈は毎日午後七時に目覚め、日付を跨《また》いで午前二時か遅くとも三時に眠るようにしている。沙羅は午前六時半に起床し、九時間半後の午後四時に眠るので彼女の方が目覚めている時間は長い。玲奈の活動時間は少ないが午前二時を過ぎるといつもは眠くなる。だが、今日はいつまでも目が冴《さ》えて寝付けないのだ。

小さな溜息を吐いた玲奈は起き上がると、ベッドの右側に置いてあるサイドチェストの引き出しからメラトニンの小瓶を出した。ちなみに左側のサイドチェストは沙羅が使っている。

メラトニンは脳から分泌《ぶんぴつ》されるホルモンで、自然な眠りを誘う作用があった。また、光を浴びると分泌が止まり、目覚めてから十五時間前後で再び分泌される。

玲奈は沙羅と二つの人格で生活しているため、メラトニンの分泌も不順になることがあった。たまに寝付けないこともあるのだ。

沙羅も同じで、眠れない時は玲奈にメールでメラトニンを服用したことをメッセージに残す。彼女は玲奈の活動時間を延ばすために午後四時に眠りに就くため、服用することが多いのだ。

沙羅は定期的に診察《しんさつ》を受けている田所医師から処方されているメラトニンを服用する。薬局では販売されていないので、玲奈は米国からの並行輸入品をネットで購入していた。

玲奈はボトルから一錠《じょう》出すと、冷蔵庫から取り出したペットボトルのミネラルウォーターで飲んだ。医師から三ミリグラムの錠剤を一つと沙羅は処方されているので、玲奈もそれに従っている。欧米ではサプリとして薬局に売られており、処方箋《しょほうせん》もいらない。もともと体内で分泌される成分なので、大量に飲まなければ害はないのだ。

再びベッドに横になった玲奈は、羽毛の布団を掛けて目を閉じた。

数分後、玲奈は意識が遠のき、眠りに陥《おちい》った。


玲奈は蟬《せみ》の声にはっとした。なぜか、陽炎《かげろう》が立つアスファルトの道に立っている。だが、不思議と暑さは感じない。

「あれっ？」

玲奈は首を傾《かし》げた。すぐ目の前を沙羅が歩いているのだ。後ろ姿だが彼女だとすぐ分かった。だが、見たこともない子供じみたピンクの水玉模様のワンピースを着ている。もっとも、沙羅とは洋服のセンスが違うので、玲奈が知らない服の方が多いだろう。

玲奈と沙羅のプライベートエリアの中で、共有しているのはベッドと冷蔵庫だけだ。玲奈は興味本位で沙羅の衣装ケースを覗いたことがあった。玲奈は黒やグレーのモノトーンを好むが、沙羅は薄いピンクや黄色やブルーなどの色を好み、シルエットも女性らしいという真逆の趣味だということは分かっている。

沙羅は脇目も振らずに歩いていた。背後に玲奈がいることに気付いていないらしい。

「沙羅……」

呼びかけた玲奈は追いかけようとした。だが、体が動かない。

「待って！」

声を張り上げた。途端、周囲の景色は掻き消され、暗闇《くらやみ》になった。

「うっ！」

玲奈は咳《せ》き込んで目覚めた。胸が締め付けられ、動悸《どうき》がする。夢を見て気分が悪くなったのだろう。いつもは目覚めると沙羅の人格になるため、これまで夢を見たことがない。

ベッドから降りると、冷蔵庫からペットボトルのコーラを出して飲んだ。

児童養護施設時代、初めて飲んだ時に薬臭い味と炭酸の刺激に顔を顰《しか》めた記憶がある。だが、それを平気な顔で飲むことで大人の気分になれた。それに施設でコーラを飲むことは滅多《めった》になかったので、特別な気持ちになる。そのせいか、精神的にストレスを感じた時にコーラを飲むとなぜか気持ちが収まるのだ。

「ふう」

コーラを半分ほど飲んだ玲奈は、大きな息を吐き出した。喉《のど》の渇《かわ》きとともに息苦しさは癒《い》えたようだ。メラトニンを飲んですぐに目覚めたことは、これまでにはない。

「うん？」

玲奈は、首を捻った。窓に掛けてある遮光《しゃこう》カーテンの隙間《すきま》から光が漏《も》れているのだ。誰かが、強力なライトを窓に当てているに違いない。そのせいで眠りを妨《さまた》げられたのかもしれない。

「なっ！」

眉を吊り上げた玲奈は、勢いよくカーテンを開けた。

両眼を見開いた玲奈は、ペットボトルを落とした。

向かいにある三階建てのマンションが、陽の光に照らし出されているのだ。

沙羅《さら》の失踪《しっそう》

1・五月九日AM7:20

二〇二二年五月九日、午前七時二十分。

神谷《かみや》は三〇五号室から後ろ向きに出ると、音を立てないようにそっとドアを閉めた。

「おっ!」

振り返った神谷は思わず仰《の》け反《ぞ》った。廊下に岡村《おかむら》だけでなく貝田《かいだ》、外山《とやま》、尾形《おがた》らが立っていたのだ。

「どうしたんですか?」

神谷は小声で尋《たず》ねた。

「食堂で」

岡村も小さな声で答えると、廊下の反対側に向かって歩き始めた。

神谷が頷いて歩き出すと、貝田らも後ろからぞろぞろと付いてくる。

食堂に入った岡村がキッチンカウンターのスツールに座ると、神谷らは食堂のテーブルの椅子を引いて座った。

「神谷くん。報告してくれないか」

岡村は気難しい顔で言った。

「正直言って、手に負《お》えませんでした」

神谷は玲奈《れいな》に起こったことを説明した。

一時間ほど前に、「朝に目覚めた」とパニック状態の玲奈から呼び出された。玲奈が朝まで起きていたことはないと岡村から聞いていたため、神谷も慌てて階段を駆け上がって三〇五号室を訪ねたのだ。

照明が消えた部屋に入ると、玲奈はプライベートエリアのソファーに座って震えていた。話しかけてみたが、しばらくは「朝、朝」と繰り返すばかりで会話すら出来なかった。

神谷は自分では対処できないと判断し、岡村に連絡を取って対処法を聞いた。彼も初めてのことだったらしいが、沙羅《さら》がパニックの発作を起こした際に処方された薬を飲ませたことがあるという。岡村の指示に従って、彼女のサイドチェストから処方されたベンゾジアゼピン系の鎮静剤を飲ませた。

しばらくすると薬が効《き》いたのか玲奈は落ち着きを取り戻したので、どうしてパニックになったのか聞いてみた。すると彼女は沙羅がこのままでは消えてしまうと言うのだ。これまでも沙羅が身の危険を感じた時に、時間に関係なく玲奈と入れ替わることがあった。だが、今回はいつもの感覚と違うと彼女は感じているらしい。

そして神谷は玲奈をベッドに寝かしつけると、部屋を出た、というわけだ。

「私の知る限りでは、玲奈くんが朝まで起きていたという記憶はない。そもそも、目覚めてまた同じ人格というのは聞いたこともない。今度目覚めた時に沙羅くんに戻っていることを祈るばかりだな」

　神谷が話し終わると、岡村は暗い表情で言った。

「玲奈さんは、沙羅ちゃんがいなくなると言っていましたが、そんなことありえるんですか？」

　貝田は向かいに座る尾形に尋ねた。神谷は沙羅も玲奈も本人の希望で呼び捨てにしているが、同僚は「玲奈さん」、「沙羅ちゃん」と使い分けている。

　尾形はハーバード・メディカルスクールを修了しているが、米国医師国家試験（USMLE）を受けなかったため医師の免許は持っていない。だが、沙羅の精神状態をいつもモニターしていた。

「沙羅ちゃんが第一人格のため、彼女の人格が消滅して玲奈さんと入れ替わるということは、あり得ないですね。ですが、沙羅ちゃんの人格が休眠状態に陥り、玲奈さんの人格のみで活動することはあり得るかもしれません。あまりこの手の分野に詳しくないんです」

　尾形は難しい顔で答えた。彼がハーバード大学で研究したのは、人間の偽証行為についてである。それを突き詰めてゆくうちに詐欺の虜《とりこ》になったそうだ。解離性同一性障害については基本的知識として知っているだけで、あまり詳しくはないらしい。

「目覚めて沙羅くんに戻っても、また同じことが起きる可能性はある。正常に戻すにはどうしたらいいと思う？」

岡村は尾形に尋ねた。

「この手の症状には、必ず原因があります。それを取り除くことですね。原因が分からなければ、悪化する可能性もあると思いますよ」

尾形は首を傾げながら答えた。あまり自信がないのだろう。

「誰か原因を知っているものはいないか？」

岡村は社員の顔を順に見て尋ねた。だが、誰も口を開かない。

「このまま玲奈くんのままでもいいのか？　彼女に殴られる可能性が増えるだけだぞ」

岡村は貝田を見て言った。貝田は沙羅と入れ替わった玲奈に膝蹴りを入れられて気絶したこともある。それに複数回殴られているのは貝田だけだ。

「すっ、すみません！　昨日、沙羅ちゃんの元気がないので、可愛がっている『田中《たなか》くん』を紹介しました」

貝田は小学生のように立ち上がって答えた。

「『田中くん』って誰なんだ？」

岡村は首を傾げた。

「昨年から飼っているカブトムシの幼虫です。丸々として可愛いんですよ」

貝田は頭を掻きながら答えた。貝田は機械オタクだけでなく、ＳＦオタク、昆虫オタクなどある意味多趣味なのだ。

「沙羅ちゃんは、どんな反応を示したんだ？」

尾形は首を振って尋ねた。

「悲鳴を上げましたが、『田中くん』は、嚙《か》みつかないと説明したら安心していました。それから……」

「呆《あき》れたやつだな。まだあるのか」

岡村が険しい表情で言った。

「沙羅ちゃんが『田中くん』を気に入らなかったようなので、『美鈴《みすず》さん』を見せてあげましたが、反応は悪かったですね」

貝田は溜息を吐いた。

「『美鈴さん』とは何なんだ？」

岡村が苛立ち気味に尋ねた。

「ナミアゲハの蛹《さなぎ》ですよ。幼虫の『カンナちゃん』も紹介しようと思ったんですけど、『もういいです』ってなんだか、不機嫌そうでした」

貝田は笑って答えた。沙羅は不機嫌を通り越して怒っていたのだろう。

「神谷さん。玲奈さんに代わって、この馬鹿野郎を殴ってください」

外山が目を吊《つ》り上げている。

「俺もそう思っていた」

神谷は貝田の首を摑んだ。

「じょ、冗談《じょうだん》でしょう？」

貝田が目を白黒させている。どうして神谷らが怒っているのか分からないらしい。

「昆虫を見せられて沙羅ちゃんのストレスは溜まったでしょう。しかし、もし、危険を感じるようならその場で玲奈さんに替わって、貝田くんを殴っていたはずです。もっと、沙羅ちゃんの心の奥にまで不安にさせる出来事があったのだと思います」

尾形は首を横に振った。

「そうですよ。私は、沙羅ちゃんの気分を上げてあげようとしただけですから」

貝田は肩を竦めてみせた。

「悪いが神谷くんと尾形くんの二人で、田所《たどころ》先生に相談して来てくれないか？」

大きく頷いた岡村は二人に命じた。

２・五月九日ＡＭ８：２０

神谷と尾形は、ＪＲ山手線《やまのて》の代々木《よよぎ》駅で降りた。

駅の改札を出た二人はスクランブル交差点を渡り、交差点角にある八階建てのビルの小さなエントランスに入った。駅周辺の大半のビルは一階に店舗が入っているため、エレベーターや非常階段があるエントランスは敷地の効率化でどこも狭いのだ。

神谷と尾形は、エレベーターに乗り、五階の田所メンタルクリニックと記されたボタンを押した。

「気が重いですね」

尾形は暗い表情で呟《つぶや》いた。

「あなたの個人的な意見はどうなんですか？」

神谷はエレベーターの壁にもたれ掛かって尋ねた。朝の打ち合わせで、岡村の問いに対して尾形の答えが無難過ぎると感じた。何か思い当たる節が他にもあるのではと思っている。

「解離性同一性障害に詳しい米国の友人に聞いてみるつもりです。私はハーバードで精神医学の博士号を取りましたが、すべての精神疾患《しっかん》の症状に精通しているわけではありません。友人のパトリック・宮園《みやぞの》がニューヨークで開業しています。彼なら沙羅ちゃんの症状も分かると思います」

尾形は腕時計を見て言った。

「ニューヨークなら十三時間の時差ですね。向こうは、まだ夜の十九時過ぎです。今から連絡できませんか？」

神谷も自分の腕時計を見ながら尋ねた。午前八時二十五分になっている。玲奈が口走った「沙羅が消えてしまう」という言葉が、頭から離れない。一分でも惜しいのだ。

エレベーターが五階で止まり、ドアが開いた。正面に田所メンタルクリニックの出入口がある。

「友人のクリニックが開く明日の朝に連絡するつもりでしたが、自宅に電話をかけてみます」

尾形はエレベーターの「開」ボタンを押しながら言った。

「田所先生は私一人で充分です。何かあれば、電話します」

神谷は一階のボタンを押すと、一人で降りた。

「すみません」

尾形が頭を下げると、ドアは閉じた。

神谷はクリニックのガラスドアを開けて、受付のカウンターで名前を告《つ》げる。診察時間は九時からだが、それまで相談に乗ってくれると言う。診察は予約制で一ヶ月先まで埋《う》まっているのだ。

田所はもともと人気の精神科医だが、新型コロナの流行で精神的に不安定な患者が増えているため忙しいらしい。コロナが流行する前は、時間を見つけて会社まで往診に来てくれたそうだが、この二年半ほどで患者が急増したため、それも難しくなっていた。そのため、岡村が一、二ヶ月に一度の割で沙羅を連れてきていた。

だが、この半年は沙羅の希望で神谷が同行している。状態が安定しているので、診察は挨拶《あいさつ》程度だったと沙羅からは聞いている。田所も玲奈と共存している今の状態がベストとは言わないが、認めているのだ。

「診察室にどうぞ」

受付の女性は診察室のドアを指差した。天井から床まで白い待合室には二つの長いソフアーが置かれ、患者はまだ誰もいない。三メートルほど先に診察室のドアがある。

神谷は診察室に入り、ドアを閉めた。十畳ほどの部屋の中央にデスクがあり、その向こうに眼鏡《めがね》を掛けた白髪《しらが》混じりの田所が座っていた。デスクの前には時勢柄大きなアクリル板が立てられている。

「お座りください」

田所はデスクの前の肘掛け椅子を勧めた。

「よろしくお願いします」

神谷は頭を下げて椅子に腰を下ろした。

「お電話で沙羅さんが目覚めないとお聞きしましたが、玲奈さんが前面に出てきたようですね。沙羅さんの場合、解離性同一性障害でも二つの人格が均衡《きんこう》を保つというかなり特殊な事例です。正直言って第一人格が隠れてしまうというのは、私の勉強不足かもしれませんが、聞いたことはありません。どちらかの人格に大きな異変がありましたか？」

田所はカルテを見ながら尋ねた。

「岡村をはじめ誰も心当たりはありません。玲奈にも聞きましたが、思い当たるふしはないそうです」

神谷は淡々と答えた。

「興味深い。あなたは玲奈さんともコミュニケーションが取れるのですね」

田所はカルテに書き込みながら小さく首を縦に振った。

「コミュニケーションというほど会話が進んだことはありませんが、彼女とは普通に会話が出来ます」

神谷は苦笑した。

「会話が出来るのなら、立派なコミュニケーションですよ。私も二度ほど玲奈さんの時に診察したことがありますが、睨みつけるだけで一言も口を利いてくれませんでした。沙羅さんと玲奈さんにとって、あなたは特別な存在なのでしょう」

田所は眼鏡を外し、神谷を見た。斜視で瞳がアンバランスに離れているせいか、心まで覗かれているような気分になる。

「私は普通に接しているだけです。年も離れていますし」

神谷は右手を振った。「特別な存在」という言葉に引っ掛かりを覚えて否定した。

「なるほど、あなたは今どき珍しい古いタイプの男性らしい。沙羅さんを直接診察しないと分かりませんが、私が思うに沙羅さんと玲奈さんは、ともにあなたに好意を寄せている可能性がありますね」

田所は眼鏡を掛け直し、カルテにペンを走らせた。

「馬鹿な」

神谷は首を振った。玲奈はよく冗談でデートに連れて行ってくれと言う。沙羅は外出する際は神谷に付き添うよう頼んでくる。二つの人格が神谷に違うアプローチをしてくるのだ。神谷はと言えば、沙羅と玲奈のどちらにも惹《ひ》かれているのは事実だ。

だが、一方に好意を寄せれば、別の人格を裏切っているような気分になる。相手が一人の女性だけに複雑なのだ。神谷はどちらの人格も傷付けたくないため、二人の気持ちに気付かないようにしていた。

「可能性の問題ですが、沙羅さんはあなたとの関係で殻《から》に籠《こも》った可能性はありませんか？一度二つの人格に尋ねてみる必要があると思いますね」

田所は厳しい表情で言った。原因は神谷だと決めつけているような口ぶりである。

「そう言われても」

神谷は額に手を当てて溜息を吐いた。今回の騒動の原因を押し付けられても戸惑《とまど》う他ないだろう。

デスクの電話が鳴った。

「すみません。最初の患者さんが見えたようです」

田所は電話に出ると、神谷の背後を見た。受付からの内線電話だったらしい。いつの間にか午前九時になっていたようだ。

「また、相談に乗ってください」

神谷は立ち上がって一礼した。

3・五月九日PM2：00

午後二時、911代理店、三〇五号室。

ベッドの左脇のサイドチェストに置かれたスマートフォンが、可愛いらしい鳥の鳴き声を奏《かな》でた。

「はっ！」

両眼を見開いた玲奈はスマートフォンを摑み、停止ボタンを押した。沙羅として目覚めるように彼女のスマートフォンの目覚ましを設定しておいたのだ。数時間、睡眠を取れば、正常に戻ると期待してのことである。

玲奈はベッドから離れると、窓の遮光カーテンの隙間から外の景色を覗いた。朝目覚めた時は曇《くも》り空だったが、今もどんよりと曇っている。写真や映像でなく日中の空を見たのは生まれて初めてだ。媒体を介さずに、沙羅と記憶を共有することはない。そのため、幼い頃から基本的に夜だけ活動する玲奈に、星空以外の記憶はないのだ。

遮光カーテンを閉じた玲奈は、胸を押さえた。自然の光に照らされた風景を見ると、動《どう》悸《き》がする。慌てて冷蔵庫からペットボトルのコーラを出して飲んだ。

「ふう」

玲奈はゆっくりと呼吸した。自分のスマートフォンを手に取って、神谷に電話をかけてみる。眠る前に今度目覚めたら、連絡するように言われていたのだ。

「私。沙羅は目覚めていないよね。……部屋まで来て」

玲奈には眠っている間に沙羅が起きたかもしれないという淡い期待があった。だが、神谷は遠慮《えんりよ》がちに「沙羅からの連絡はなかった」と答えた。

通話を終えた玲奈はベッドに座り、スマートフォンをマットの上に投げた。神谷の声を聞いて、少しだけ気分が和《やわ》らいだ。だが、どうしようもない不安に襲われている。

ドアがノックされた。

玲奈はスマートフォンを手にするのももどかしく、ドアに駆け寄った。一昨年、各部屋の出入口は電磁ロックに変更されている。さらに昨年、カードキーだけでなく、各自のスマートフォンでロックを解除出来るように改修されていた。スマートフォンの操作も煩《わずら》わしく、すぐにでも神谷の顔を見たかったのだ。

「入って」

玲奈は、ドアロックを外してドアを開けた。

神谷が心配顔で入ってきた。

玲奈は無言で神谷に抱きついた。

抱きとめた神谷は、右手で玲奈の背中を優しく叩いた。彼女がいつ目覚めてもいいように部屋で待機していたのだ。

「座って話を聞こうか。コーラ、飲むかい？」

しばらくして神谷は彼女から手を離して尋ねた。彼女が好きなコーラを自分の部屋の冷蔵庫に冷やしておいたのだ。

「ありがとう」

玲奈は暗い声で答えると、プライベートエリアのソファーに座った。

神谷はペットボトルのコーラを渡すと、作業エリアにあるテーブルの椅子を引き寄せて腰を下ろした。

「気分は、どうかな？」

神谷は笑みを浮かべて尋ねた。玲奈は同情するような態度をとるとかえって腹を立てることを思い出したのだ。

「朝より気分は良くなったけど、沙羅のことが心配でおかしくなりそう」

玲奈はペットボトルのキャップを開け、コーラを飲んだ。

「私も心配だよ。彼女に何が起こったのだろうか？」

「本当に分からないの。沙羅はいつもなら、ビデオかメールでメッセージを残す癖《くせ》に、昨日に限って何もなかった」

玲奈は首を振って両手で頭を抱えた。

「君が知らないだけで、彼女は何か残していないのかな？」

神谷はそれとなく聞いた。本当はダイレクトに沙羅のパソコンを調べたらと言いたい。だが、玲奈は自尊心が高いだけにあえて彼女に気付かせた方がいいと思っている。

「そうか。沙羅のパソコンを調べてみる。この際だから、プライバシーだなんて言っていられないよね」

玲奈は立ち上がって、両手を握りしめた。動転しているのか本当に気付いていなかったらしい。

「私も調べてもいいかな」

沙羅の持ち物を調べたいと思っているが、別人格とはいえ玲奈の許可を得なければ何も出来ない。

「私の調査が終わってからにして。なるべく沙羅のプライバシーには、触れたくないの」

玲奈は沙羅のデスクの前に立った。

「それでは、私は一旦部屋に戻ろう」

神谷は椅子を引いて、玲奈を座らせた。

「ソファーで待っていて。一緒にいて欲しいの」

玲奈はそう言うとはにかんだ顔をした。普段感情を表さない彼女にしては、珍しいことである。

「分かった」

神谷は頷くと、ソファーに腰を下ろした。

4・五月九日PM2：30

玲奈は沙羅のノートPCの電源を入れると、目を閉じて右手を胸に当てた。

心の中で沙羅に許しを請《こ》うたのだ。悪戯心《いたずらごころ》で沙羅の衣装ケースを覗くことはあった。というのも、沙羅は玲奈の趣味と著《いちじる》しく違った服装をしている。だが、記憶がないだけで玲奈も着ていることに変わりはない。フリルや星柄など少女趣味的な洋服を着ている姿を想像しただけで屈辱《くつじょく》的なのだ。それとなくメールで沙羅に注意を促すこともある。

だが、沙羅のパソコンやノートなどは、これまで決して覗き見することはなかった。彼女のプライバシーを侵せば、精神的なバランスを崩すかもしれないと思っているからだ。

玲奈は自分が沙羅を守るために生まれた人格だということを数年前に知った。そのため自分で解離性同一性障害について調べたことがある。治療法が確立されたわけではないようだが、研究は進んでいるらしい。

その一つに、医師が患者の別人格と会話して後天的に生まれたことを認識させる方法があった。別人格が本来は存在しないと自覚させることで、消滅させるのだ。

玲奈は第一人格が沙羅だと理解したが、消滅することはなかった。おそらく沙羅が玲奈の存在を欲しているからだろう。現在はお互いを尊重《そんちょう》しており、姉妹というより友人という感覚である。

これまで何かあって消滅するのは自分だと、玲奈は自覚していた。それだけに沙羅がいなくなれば精神に破綻《はたん》を来《きた》し、自分も存在できなくなると思っている。

玲奈は沙羅のノートＰＣのセキュリティを解除し、ここ数日のメールや文章を覗いてみた。だが、別段首を傾げるようなものはない。

「変ねえ」

玲奈はノートＰＣの電源を落とした。不可視ファイルの存在まで確かめたが、暗号化されたデータもなかった。

「パソコンには、何もなかった」

玲奈はソファーで待っている神谷に肩を竦めると、仕事机だけでなく、サイドチェスト
や衣装ケースまで調べた。

「手紙とか、走り書きのメモはないかな？」

神谷はそれとなく尋ねた。玲奈は手当たり次第《しだい》探しているが、それでは労力を使うだけ
である。

「机の上も見たし、彼女の本棚や衣装ケース、それにサイドチェストも調べたわ」

玲奈は両手を広げて首を左右に振った。お手上げと言いたいのだろう。

「これでも探偵なんだ。任せてくれるとありがたいな」

神谷は自分を指差した。

「分かった。お願い。衣装ケースの一番下の段は見ちゃだめ」

玲奈はペットボトルのコーラを手にソファーに座った。平静を装《よそお》っているが、顔色は青
ざめている。

「了解。衣装ケースは、多分見る必要はないと思う」

神谷は立ち上がると玲奈の前に立ち、両手に白手袋を嵌《は》めた。沙羅の人格が休眠状態に
なっていることに事件性がないとは言い切れない。自分の指紋を付けないように、白手袋
を使用するのだ。

この部屋に関しては、神谷は玲奈を除く会社の誰よりもよく知っている。

昨年まで玲奈の仕事机の傍《そば》にあるラックには、コンピュータが何台も置かれていたが、彼女はそのパフォーマンス不足に悩んでいた。そのため、玲奈は一昨年から温めていた、コンピュータを並列に繋げてスーパーコンピュータにする計画を、昨年実行に移すことにしたのだ。それには自分の部屋が手狭であった。

そこで、倉庫として使っていた隣室の三〇三号室をコンピュータルームに改造し、六十台の高性能パソコンを購入して設置した。彼女はそれを並列処理できるように接続し、手製のスーパーコンピュータを製作したのだ。彼女曰《いわ》く、一流のハッカーなら最低限の設備らしいが、彼女はゲーム製作で億単位の利益を得ているので当然かもしれない。

結果的に三〇五号室を占拠《せんきよ》していたコンピュータとラックが消えたため、作業エリアも今では広々とし、沙羅の趣味で窓際に観葉植物も置いてある。作業エリアのコンピュータやラックの処分、それにプライベートエリアのベッドの移動、新たにテーブルを入れるなど大変な作業はほとんど神谷が行った。昼間なら貝田らの手助けも得られるが、玲奈の指示で夜に作業を行う場合は、入室が許されるのは神谷だけだからだ。

「白手袋って、刑事みたい。というか、大袈裟《おおげさ》ね。どこを調べるの？」

玲奈はコーラを一口飲むと、首を傾げた。

「調べる前に、質問させて欲しい。君が今朝、最初に目覚めた時、どんな服装だった？」

神谷は沙羅の机の脇にあるゴミ箱を覗きながら尋ねた。読んだ手紙やメモが捨てられていないか確かめたのだ。

「そういえば、パジャマは着ていなかったわね。いつもは薄いピンク色か萌黄色《もえぎ》の無地のパジャマを着て沙羅は眠るの。私は七時に起床すると、そのパジャマを洗濯《せんたく》カゴに入れてシャワーを浴びることで一日が始まる。でも昨日の沙羅は洋服のまま寝ていたわ。……そうか。沙羅は普通の状態で眠りに入った訳じゃないのね」

玲奈は小さく頷いた。

「沙羅は、寝支度を済ませる前に、部屋着のままベッドで横になった。それから、異変が起きたのかもしれない。ベッドの周辺を調べてもいいかな？」

神谷は玲奈たちのベッドに近付いた。

「ご自由に」

玲奈は開き直ったように答えた。

「ありがとう」

神谷はベッドに膝をついて、壁とベッドの隙間に手を入れて探った。

「沙羅は、毎日部屋の隅々まで掃除《そうじ》するのよ。そんなところに何かあるとは思えないけど」

玲奈は鼻先で笑った。

「それはどうかな」

神谷は立ち上がり、右手を上げて見せた。折り畳まれた紙を持っている。文字が書かれているので便箋《びんせん》らしく、ベッドの隙間に落ちていたのを指先で挟んだのだ。

「見せて」

玲奈は右手を伸ばした。

「ちょっと、待ってくれないか。もし、この便箋を見たことで沙羅に異変が起きたのなら、君にも悪影響を及ぼすかもしれない。内容も問題だが、毒物が塗布《とふ》されている可能性もある。申し訳ないが、私が先に見た方がいいだろう」

神谷は首を振った。便箋を沙羅のテーブルの上に載せる。沙羅はベッドで横になって便箋を見て気を失うように眠り、右手に持っていた便箋を落としたのだろう。毒物は大袈裟だが、差出人の指紋を採取できるかもしれない。

「分かった。あなたを信じる他ないよね」

玲奈は小さな溜息を吐いた。

「ありがとう」

神谷は沙羅の椅子に座って、便箋を手に取った。

「何が書いてあるの？」

玲奈は立ち上がって首を伸ばした。

「……こっ、これは」

便箋を見た神谷は、固唾《かたず》を呑んだ。

5・五月九日PM3：20

午後三時二十分。911代理店。

神谷は三〇五号室を出て、食堂に向かった。

玲奈を寝かしつけて部屋を出たのだ。途中で仮眠をとったものの朝から起きていたので、遅めの昼食にデリバリーのピザを食べた途端《とたん》に睡魔に襲われたらしい。ベッドに横になると、五分ほどで寝息を立てていた。

便箋の内容を知れば彼女の精神状態もおかしくなる可能性もあるからと、彼女には教えていない。

「おっ」

食堂に入ると、昨夜と同じように岡村はカウンターのスツールに座り、他の者は食卓の椅子に座っていた。岡村に事前に知らせたわけではない。打ち合わせをしていたのだろう。

神谷は岡村に軽く頭を下げると、尾形の向かいの椅子に座った。

「彼女は、一人で大丈夫なのかな？」

岡村は電子タバコを吸いながら尋ねた。

「疲れて眠りました」

神谷は白手袋を嵌めると、ポケットから封筒を出した。沙羅たちのベッドの下を覗いたところ、封筒も落ちていたのだ。

「それは？」

岡村は尋ねると、スツールから下りてキッチンに入った。使い捨てのニトリルの手袋とビニール袋を取ってきたようだ。神谷が白手袋を嵌めたことで証拠品だと悟《さと》ったらしい。ブルーの手袋を嵌めると神谷の傍に立った。

「おそらく、この手紙が沙羅の失踪の原因でしょう」

神谷は岡村に封筒を渡した。沙羅の現状をあえて「失踪」と表現したのは、彼女ら二つの人格を、それぞれ独立した存在として扱っているからだ。

「差出人は書いていないな。貝田くん、後で封筒から指紋を採取してくれ」

岡村は便箋を抜き出すと、封筒をビニール袋に入れて貝田の前に置いた。

「了解です。あとで私のラボで調べてみましょう」

貝田はもったいぶって答えた。

９１１代理店が全社で捜査活動を行う場合、役割がある。神谷と岡村が捜査官というのは決まっているが、話術が巧《たく》みな尾形は聞き込み捜査や潜入捜査を得意としていた。外山はセキュリティを破って建物に潜入し、盗聴器や盗撮器を設置する。また、貝田はドローンの操作に長《た》けており、特に機械オタクの技術を活《い》かして捜査に必要な機器を製作してきた。それぞれ得意分野で貢献《こうけん》するのだ。

貝田は鑑識に必要な精密機械も自作しており、作業をする際は、「ＣＩＳ」の主任であるグリッソムと名乗る。「ＣＩＳ：科学捜査班」という米国のテレビドラマがあり、その主要人物ギル・グリッソム博士になりきるのだ。彼はたまにテレビや映画の主人公になりきることで、才能を発揮することがある。彼は「ゾーン」に入ると言っているが、周りを巻き込むので迷惑な話ではあった。

「うーむ」

便箋に目を通した岡村は険しい表情になり、スツールに座った。考え込んでいるのか目を閉じて動かなくなる。

「どんな内容ですか？」

尾形が苛立ち気味に尋ねると、岡村は目を開けて表情を曇らせた。

「私が、読み上げましょうか？」

神谷が右手を伸ばして言った。

「頼む」

息を吐き出した岡村は、便箋を神谷に渡した。読むのは気が重いのだろう。

「それでは読みます。『突然の手紙でごめんなさい。長い間、母親らしいことをしていなかったのに、ほんとうにごめんなさい。あなたが、９１１代理店という会社で働いていることを知って、たまらずにお便りしました。もし、よかったら、会って話がしたいと思っています。今、どこにいるか言えませんが、こちらからまた連絡します。また、一緒に富士山を見に行こう。あなたの母、真江《さなえ》より』以上です」

神谷は読んだ便箋を折り畳んだ。大人っぽい字体ではあるが、けっして上手《うま》いとは言えない。文章もありきたりである。

「本当に沙羅ちゃんのお母さんからの手紙ですか？」

尾形は首を捻った。

「私は、沙羅くんを児童養護施設の植竹《うえたけ》さんから紹介を受け、うちで働いてもらうことにしたのだ。だが、彼女の名前と大まかな事情以外は、プライバシーの関係で聞いていない。だから、母親の名前も知らないんだ。そもそも、沙羅くんも知らないんじゃないのかな」

岡村は首を横に振った。

「もし、これが第三者による騙《かた》りなら、沙羅は多少のショックは受けるでしょうが、目覚めることが出来なくなるほどの衝撃を受けるとは思えません。彼女は母親からだと確信したのでしょう」

神谷は表情もなく言った。だが、どうしようもない怒りを覚えている。

沙羅の両親による虐待は近所でも問題視され、警察に通報されるほどだった。児童相談所が家庭裁判所に沙羅の保護を申し立て、彼女が十歳の時に受理されたと聞いている。彼女は児童養護施設に保護され、それが因《もと》で両親は離婚し、二人とも養育権を放棄《ほうき》したそうだ。そんな最低の親がどんな理由があろうと、今また沙羅を苦しめようとしていることが許せないのだ。

「沙羅ちゃんは、よほど親が怖いのですね。これはニューヨーク在住の精神科医から聞いたのですが、恐怖の存在が消せない場合、自分の存在を消すことで自分の身を守るという症例があるそうです。沙羅ちゃんの場合、神谷さんが言うように失踪したのと同じです。彼女の恐怖は親ですが、接近禁止命令を出すなどの措置を講じたとしても、生きているということだけでも沙羅さんの負担になるのでしょう」

尾形は腹立たしげに言った。

「だとしたら、沙羅ちゃんは眠ったままで、玲奈さんだけで生活することになるんじゃないですか？」

外山が眉間に皺を寄せて聞いた。

「玲奈さんだけになっちゃうんですか？」

貝田が甲高《かんだか》い声を出した。

「それを避けるために俺たちが動くんだろう」

神谷は貝田をじろりと睨みつけた。

「明日から、母親の捜索をする。そもそも、どうやって沙羅くんがうちの会社で働いていることを知ったのか調べる必要がある。私と尾形くんが組む。神谷くんは引き続き、待機だ。君が外出したら、玲奈くんが不安になるからね」

岡村は厳しい顔で言った。

「了解です」

頷いた神谷は、便箋を封筒が入ったビニール袋に入れた。

児童養護施設

1・五月十日AM6：10

五月十日、午前六時十分。

トレーニングウェアを着た神谷《かみや》は、三〇五号室のドアをノックした。

電磁ロックが解除される音が聞こえる。

「入っていいかな？」

神谷はドアを少しだけ開けて尋ねた。目覚めた玲奈《れいな》から部屋に来て欲しいとスマートフォンで連絡を受けたのだ。

「どうぞ」

張りのない玲奈の声が聞こえる。

神谷が部屋に入ると照明は付けられておらず、玲奈はソファーに座ってペットボトルの水を飲んでいた。二日続けて沙羅《さら》として目覚めなかったことにショックを受けているのだろう。

「元気がないようだね」

神谷は玲奈の前に膝を突いて視線を合わせた。

「元気が出るわけがないじゃない。沙羅はどこに行ったの？」

玲奈は涙ぐんでいた。いつも気の強い彼女の涙は見たことがない。

「沙羅は、君と一緒にいるし、生活しようと思っているはずだ。だから彼女の起床時間に君は目覚めたんじゃないのかな」

神谷は優しく言った。夜型の玲奈が早朝に目覚めることはなかった。玲奈と沙羅は入れ替わったかもしれないが、代わって夜型の玲奈は鳴りを潜《ひそ》めている。

「沙羅は私として生活に戻ろうとしているの？」

玲奈は首を傾げた。

「それは分からない。だが、せっかく朝早く目覚めたのなら、沙羅の生活を体験するのも悪くないんじゃないか」

神谷は笑みを浮かべて言った。

「沙羅の生活？　私は彼女じゃないから分からないわ。昼間の生活に興味はなかったから」

玲奈は首を横に振って困惑の表情になる。沙羅はその優しさもあるのだろうが、玲奈とのコミュニケーションを望む傾向があった。そのため、自分の生活をビデオやメールでメッセージとして毎日玲奈に残していると聞いたことがある。

逆に玲奈は日記を書くようにメッセージを残す沙羅が、煩わしかったのだろう。あるいは無関心になることで、沙羅のプライバシーに踏《ふ》み込むのを避けていたのかもしれない。

「それじゃ、私と一緒に体験しよう。その格好でもいいけど、スポーツウェアに着替えないか。最近の沙羅は六時二十分から七時五分前までジムで運動をし、七時から朝ごはんを食べるのが日課なんだ」

神谷は立ち上がって言った。沙羅の生活を玲奈に体験させるというのは神谷のアイデアである。念のために尾形《おがた》に確認したところ、眠っている沙羅の意識を起こす可能性はあるらしい。それに玲奈にとっても沙羅の行動を知ることでリラックス効果も期待できそうだ。

「ジム？　行ったことがない。それにトレーニングウェアなんて持っていない」

玲奈は肩を竦めた。

「汗を掻くから、ウェアに着替えた方がいい。今日は沙羅のウェアを借りたらどうだ？」

神谷は沙羅の衣装ケースをちらりと見た。

「どうせ、ピンクとか白のださいウェアなんでしょう？」

玲奈は苦笑した。会話で少しは気分がよくなったらしい。

「そうでもないさ。彼女にもこだわりがあってね。本格的なランニングパンツにシューズも揃《そろ》えている。サイズは同じはずだから、どちらも試着するつもりで借りればいい。気に入ったら、君も購入することを薦《すす》めるよ」

神谷は笑顔で言った。夜中だけ生活する玲奈が運動不足にならないのは、沙羅が毎日ジムでトレーニングするからである。

「分かった。着替えるから廊下《ろうか》で待っていて」

頬《ふく》を膨らませた玲奈は、立ち上がって追い払うように右手を振った。

「了解」

神谷は両手を上げて部屋から出た。

数分後、玲奈は沙羅のランニングパンツとシューズを履《は》き、ゆったりとした黒のTシャツを着て廊下に出てきた。

神谷は二階の二〇六号室に玲奈を案内した。

「話には聞いていたけど、初めて来た。意外にちゃんとしているんだ」

玲奈は部屋に入るなり、目を丸くしている。

「木龍《きりゅう》さんに尽力《じんりょく》してもらったんだ」

神谷はにやりとして説明した。

神谷は木龍に社内にトレーニングジムを作る計画を相談したところ、廃棄《はいき》処分になるマシンを譲《ゆず》ってくれたのだ。

木龍は組員の働き口を生み出すべく、さまざまな企業を立ち上げている。店舗の内装工事などを主としたリフォーム会社を数年前に設立しており、都内のスポーツジムの改装を請《う》け負っていたそうだ。そこで廃棄予定の器具があったので、渡りに船というわけである。

譲り受けたランニングマシン、インドアサイクル、ストレッチマシンを二台ずつ二〇六号室に設置した。中古で購入した場合でも、二百万以上する本格的なマシンを運搬料として五万円だけ払って手に入れたのだ。

二〇六号室は他の部屋と同じで四十平米あり、部屋にあったホテル時代のベッドは撤去《てっきょ》し、マシンを床にボルトで固定した。ガラス張りのシャワールームとトイレはそのままだが、かえって洒落《しゃれ》た雰囲気《ふんいき》になっている。

「軽く、走らないか。沙羅は、毎日六キロを目標にしていたよ。隣りのマシンは沙羅が使っているから電源を入れるだけで設定はしなくていいはずだ」

神谷は入口近くのランニングマシンに乗り、スイッチを入れた。

「そんなに走れるかな」

玲奈は素直に従い、マシンの電源を入れた。

「私は毎日十キロ走るけど、沙羅はゆっくりとしたスピードで走るんだ。本当はその方が運動になるんだよ」

神谷はいつものペースで走り始めた。以前は雨天関係なく外で走っていたが、信号や歩行者などが邪魔なので、ジムが出来てからはもっぱらマシンを使っていた。

「意外に楽しい」

玲奈はしっかりとしたフォームで走っている。

「もう少し、ペースを落とした方がいいよ。バテるから」

神谷ほどではないが、玲奈は短距離走のスピードで走っているのだ。

「大丈夫。ゆっくり走るとイライラするから」

玲奈は神谷の忠告に肩を竦めた。実際、息を乱すことなく走っている。沙羅から玲奈に変わるとIQが上がるそうだが、運動能力も上がるのかもしれない。

「素晴らしい。いつも沙羅はトレーニング後、自室でシャワーを浴びてから私と一緒に朝食を食べるんだ。今日は外勤がないから、朝食後も付き合える。なんでも言ってくれ」

神谷は走りながら言った。玲奈の心理的な状況を見て、手紙の件は話すつもりである。彼女にも沙羅が失踪した原因を話した方がいい、という尾形からのアドバイスがあったからだ。何も知らずに過ごせば、不安が大きなストレスになると判断してのことである。

ドアが開き、タオルを首に巻いた貝田《かいだ》が入ってきた。若いくせに中年太りの体型をしており、たまにジムで見かける。

「あっ、沙羅ちゃん。治ったの！」

貝田が玲奈に近寄り、目の前で手を叩いた。玲奈が運動すると思っていないからだろう。だが、沙羅が黒いTシャツを着ることはこれまでなかった。空気が読めないこの男は、いつも間が悪いのだ。

「貝田。ぶっ殺す！」

走りながら玲奈はドスを利《き》かせた。

「ぎゃあ！」

悲鳴を上げた貝田は尻餅《しりもち》をつき、四つん這《ば》いになって部屋を出ていった。言葉も出てこなかったらしい。

「何が、ぎゃあだ」

玲奈は走りながら右拳を振り上げた。せっかく彼女がリラックスしはじめたのに台無しである。手紙の話をするタイミングを失ったらしい。

「本当に」

神谷は鋭い舌打ちをした。

2・五月十日AM7：00

朝のトレーニングを終えた神谷は自室でシャワーを浴び、食堂に向かった。

一緒に運動した玲奈もシャワーを浴びて着替えるために部屋に戻っている。迎えに行くかと聞いたが、そこまで子供じゃないと断られた。

食堂に入ると、意外にも玲奈が先にキッチンのカウンターの前に立っていた。

カウンターの上に朝食のおかずなどが並べてある。岡村《おかむら》が早朝に起きて、準備しておいてくれるのだ。

「早いね」

神谷は玲奈の横に立った。

「これ勝手に取っていいの？」

玲奈はカウンターの上に並べられている鯖《さば》の味噌煮とサラダの皿を見て言った。彼女は夜食を食べるために食堂に入ることはあっても、朝食を食べるのは初めてのはずだ。

「人数分あるから、好きなのを取っていいよ。ご飯と味噌汁がキッチンにあるから、それも自分でよそうんだ」

神谷はカウンターの隅に立てかけてあるトレーを取ると、鯖の味噌煮とサラダの皿をトレーに載せた。

「なるほどね」

玲奈は神谷と同じように、おかずとサラダをトレーに載せて笑った。

「今日はなめこ汁だ。やったな」

神谷は椀になめこ汁をよそい、ご飯茶碗も用意すると、玲奈に渡した。

「ありがとう」

玲奈は屈託《くったく》ない笑みを浮かべた。

「ああ」

神谷は一瞬、どきりとした。笑顔が玲奈でなく沙羅だったからだ。彼女は意識がないのではなく、玲奈の後ろに隠れているのかもしれない。

「漬物《つけもの》も自由にとっていいのね」

食卓の椅子に座った玲奈はテーブル上の箸入れから箸を取り、明るい声で言った。テーブルの鉢に茄子《なす》と胡瓜《きゅうり》の糠《ぬか》漬けが盛られている。これも岡村の手製なのだ。

「もちろん」

神谷は玲奈の斜《なな》め向かいに座った。

「これが朝ごはんね。生まれて初めて食べるかも」

玲奈は鯖の味噌煮に箸を付けた。岡村は、骨まで食べられるよう圧力釜《がま》で作っている。赤味噌をブレンドした味噌を使っており、味付けもいい。

「おいしい」

玲奈は首を振って喜んでいる。こんなに楽しそうな彼女は見たことがない。

「本当だ」

神谷も舌鼓《したつづみ》を打ちつつも、玲奈の挙動に内心首を傾げた。本当にあのクールな玲奈だろうかと疑いたくなるのだ。

スマートフォンが鳴った。電話の呼び出し音である。

「食事中、すまない」

神谷はスマートフォンの画面を確かめた。木龍からの電話だ。

「ずいぶんと、早いな」

席を立って廊下に出た神谷は、通話に出た。

――木龍です。早起きは三文の徳と言いますから。

「何か、新しい情報か」

神谷は苦笑した。木龍はたまに名言を吐くが、風体を想像すると笑えるのだ。

――板梨《いたなし》がブツを手に入れるらしいんです。

ブツとは、医療用大麻のことだろう。

「動くかもしれないんだな。悪いが詳しく分かったら、また連絡してくれ。今は、ちょっと会社から出られないんだ」

神谷は小声で答えた。

——了解しました。また、ご連絡します。

通話は切れた。木龍には玲奈の現状を教えていない。なるべく部外者には話したくないのだ。

「仕事の電話なんでしょう?」

食堂に戻ると、玲奈はジロリと見た。貝田なら、恐怖で飛び上がるほどの鋭い視線である。

「いや、野暮《やぼ》用だよ」

神谷は笑って席に戻った。

「私のために会社に残っているのなら、気を遣わないで。ありがたいけど、かえってストレスを感じるから」

玲奈は神谷を見て口調を強めた。昨日と違って気持ちが落ち着いたので、いつもの玲奈に戻っているのかもしれない。

「無理をしているつもりはないけどね」

答えた神谷はなめこ汁を啜《すす》った。苦しんでいる玲奈を見ても何も出来ない自分がむしろ腹立たしい。それでもただ一緒にいられればと思っているだけだ。

「社長から、沙羅を取り戻すための捜査をすることになったと言われたけど、私の部屋にあった手紙に関係しているんでしょう？　何が書いてあったの？」

玲奈は、箸を置いて尋ねた。

「君には言うべきか迷ったけど、沙羅の母親からの手紙だった。まずは、母親を探し出し、彼女にどうしたいのか尋ねるべきだろう。社長と尾形さんが今朝から聞き込みに行くことになっている。何か分かったら、君にも手伝ってもらうかもしれない」

神谷も箸を置いて答えた。

「沙羅の母親！　今さらどの面《つら》下げて手紙をよこしたの？　どうせ、金をせびってきたんでしょう。許せない」

玲奈は顔を真っ赤にして怒った。

「ただ会いたいと言ってきただけだよ。君は沙羅の母親の記憶はあるのかな？」

神谷はダイレクトに尋ねた。玲奈は腹を立てているが、感情のコントロールは出来ているからだ。

「それが、まったく覚えていないの。多分、自分の気持ちを害することは忘れるように出来ているのね」

玲奈は首を捻った。思い出したくないのか、あるいは彼女が言うように不快な記憶は意識下に仕舞い込んでしまうのかもしれない。

「なんでもいいから思い出したら、教えて欲しい。沙羅を救い出すには、どうしても君の記憶も重要な手掛かりになるんだ」

神谷は玲奈を強い視線で見つめた。

「分かった」

玲奈は神谷の視線を外して答えた。

3・五月十日AM9：55

児童福祉法に定める児童福祉施設は、母子生活支援施設、保育所、児童養護施設など十二の施設の総称である。

岡村は尾形を伴い、目黒《めぐろ》区にある児童養護施設〝新緑寮《しんりよくりよう》〟を訪れていた。

〝新緑寮〟は同じ社会福祉法人が経営する養護老人ホームや保育園がある広大な敷地の一角にあった。交通量が多い淡島《あわしま》通りに面しているが、敷地内は緑の木々が生《お》い茂《しげ》り、外部の騒音は聞こえてこないほど静かである。

二人は一階にある応接室に通されていた。

「児童福祉施設と聞いて、暗いイメージを持っていましたが、ここは違いますね」

尾形は応接室の窓から敷地内の私道を見て言った。私道といっても五メートルほどの幅があり、植え込みも手入れがされている。

「ここは設立されてから五十年以上経っている。施設は古いが、環境はいいよ。尾形くんのイメージしているのは、犯罪や不良行為を犯した子供が入所する児童自立支援施設のことじゃないのかな。少年院とは違うが、入所している児童はどこか陰のある子が多いからね。本当なら子供に罪はないのだが……」

岡村はソファーに座り、暗い表情で言った。警視庁の刑事だった頃、岡村は捜査の関係で児童自立支援施設には何度も足を運んでいる。〝新緑寮〟にも捜査の関係で訪れ、そこで所長である植竹雅弘《まさひろ》と知り合った。

〝新緑寮〟の朝は、子供たちに食事をさせて学校に送り出す。状況によっては、学校への送迎《そうげい》を職員がする場合もあるため、施設の朝夕は忙しいのだ。

岡村はそれを知っていたため、午前九時半と植竹と約束していたのだが、すでに十時になろうとしている。児童が通う学校で何かトラブルがあったらしく、植竹は対処するため急遽《きゅうきょ》出掛けたらしい。

「すみません。お待たせしました」

ドアが開き、グレーのカーディガンを着た中年の男が入ってきた。

「植竹所長。とんでもない。お忙しいところお邪魔して申し訳ありません」

岡村は立ち上がって頭を下げた。

「うちの施設の子から学校でいじめに遭《あ》っていると聞きまして、先方の校長先生とお話をしてきました。今日は篠崎さんの件でいらしたんですよね」

植竹は岡村の対面のソファーに座ると、ハンカチで額の汗を拭いた。施設の子供が通う学校に自ら出向くほどの熱血漢である。彼はいつも子供の幸せを願って行動するのだ。

「実は沙羅くんが、眠ったままで玲奈くんだけになってしまったのです」

岡村は神妙な顔で言うと、ポケットから沙羅に届いた手紙を植竹に見せた。昨夜のうちに封筒と便箋から指紋は採取してある。

「これは?」

植竹は首を捻りながらも封筒の表裏を見た後、中から便箋を取り出した。

「それが、彼女のベッドの下に落ちていました。おそらく手紙を読んだ沙羅くんは、あまりの恐怖に気を失ったのでしょう」

岡村は深い溜息を漏らした。

「……真江《さなえ》?」

植竹は署名を読んで首を傾げた。考え込んでいるのかもしれない。

「その女性は篠崎くんの母親ですか?」

岡村は身を乗り出して尋ねた。

「そうかもしれません。当施設は財団が運営していますが、児童福祉法に従っています。当然のことですが、守秘義務があるのです。……ちょっとお待ちください」

曖昧《あいまい》に答えた植竹は立ち上がると、部屋を出て行った。

「篠崎さんの記録は、ここじゃないと分からないのですよね」

尾形は念を押すように尋ねた。

「そういうことだ。予想はされたが、植竹さんから何か情報を得られなければ我々は前に進めない」

　岡村は腕組みをして首を横に振った。

　数分後、植竹は分厚い角封筒を小脇に抱えて戻ってきた。

「すべてではありませんが、篠崎さんの精神状態が分かる記録をピックアップして保管しておいたのです」

　植竹は封筒からスクラップブックを出してテーブルに載せた。

「失礼します」

　岡村はスクラップブックを手に取った。表紙に「二〇〇七年七月〜二〇〇八年八月」と年号が記載されている。

「彼女が当施設にきてから一年の間、彼女が描く絵で象徴的な絵だけ保存してあります。それ以降に同じような絵を描くことはありませんでした。おそらく精神的に落ち着いたためでしょう」

　植竹は説明を加えた。

「うーむ」

　岡村は唸《うな》るように声を発した。二〇〇七年といえば、沙羅が九歳の時である。最初の絵は、ナイフが突き刺さった人が血の海に倒れている。稚拙《ちせつ》な絵で、そのくらいの歳の子供が描いた絵としても精神的に未発達という感じがする。

　その次の絵も構図はほぼ同じで、順に見ていくと徐々に絵は上手くなっていく。だが、記憶が曖昧なのか、ナイフで刺された人物の性別がはっきりとしない。

「絵を描くことで、自分の体験を反芻《はんすう》しているようですね。心の内に籠っている感情を吐き出させて精神的な安定を得られる可能性があります」

尾形はスクラップブックを覗き込んで呟いた。

「……こっ、これは」

岡村は両眼を見開いた。二〇〇八年八月十二日と記載されている最後の絵は、ナイフを胸に突き立てられているのは、髪の長い女性なのだ。それまでは性別も分からず、輪郭《りんかく》もはっきりしなかった人物が女性として描かれている。しかもかなりリアルなのだ。

「おそらく、これまで曖昧だった記憶がはっきりとしたのでしょう。それゆえ、同じ絵を二度と描かなくなったと我々職員は理解しました。篠崎さんは殺人現場でも目撃したのではないかと思われます」

植竹は沈んだ声で言った。

「絵の説明は本人から受けましたか？」

尾形が尋ねた。

「何も聞いておりません。それに最後の絵は、ゴミ箱に捨てられていたのを職員が見つけて、保管したものです」

植竹はゆっくりと首を振った。

「詳しい事情を教えてください」

岡村は改めて懇願《こんがん》した。

「それが出来れば……」

植竹は言葉を濁《にご》した。

「私はハーバード・メディカルスクールを修了し、博士号も持っています。それに米国でもトップクラスの精神科医に指導を受けながら彼女の治療を試みるつもりです。しかし、彼女を助けるには、情報が必要なのです。見殺しにされるのですか？」

尾形が興奮気味に言った。

「……しかし」

植竹は岡村と尾形を交互に見て、渋い表情になった。

「私は篠崎くんの親になるつもりで引き取りました。それだけに彼女の幸せを願っています。今のままでは、彼女は精神的な暗黒に陥ったままになってしまいます。彼女が不幸になるのを黙って見てられません。知っていることがあれば教えてください。この通りだ」

岡村はソファーから離れ、床に両手を突いて頭を下げた。

「しゃっ、社長。……植竹さん、何卒《なにとぞ》、よろしくお願いします」

声を裏返した尾形は大きく頷き、岡村の隣りで土下座した。

4・五月十日AM11：30

午前十一時三十分。911代理店。

玲奈を除く全員が食堂に集まっていた。

五分ほど前に帰ってきた岡村が、招集したのだ。

「私と尾形くんで、〝新緑寮〟の植竹所長に会ってきた。そこで、沙羅くんが入所した経緯と新たな情報を聞き出すことが出来た。ちなみに彼女が十歳の時に家庭裁判所の命令で児童養護施設に保護されたと以前は聞かされていたが、大分違っていたようだ」

岡村はカウンターの前に立ち、食卓の椅子に座っている神谷ら四人に話した。

「養護施設は、社長を騙《だま》したのですか？」

神谷は右眉を上げた。岡村は沙羅を単に入社させたのではなく、保護者として迎え入れている。そんな人物に嘘《うそ》をつく理由が分からないからだ。

「すべては、篠崎くんを守るためだった。嘘も方便というやつだ。植竹さんからは、何度も謝罪されたよ」

岡村は右手を前に出し、神谷に頷いてみせた。

「彼女は何らかの犯罪に関わり、八歳の時に児童自立支援施設〝安倍野《あべの》学園〟に入所した。家庭環境は貧しかったのだろう。引き取り手もなく〝安倍野学園〟で、一年間過ごしている。だが、夜になると粗暴になって他の児童と喧嘩《けんか》が絶《た》えないため、施設では手を焼いていたそうだ。当時、その施設の所長だった倉持健二郎《くらもちけんじろう》さんから事情を聞いた植竹さんは、施設の移動を家庭裁判所に請求し認められたそうだ。植竹さんは、児童心理学の博士号を持っており、沙羅くんが、解離性同一性障害だと判断したのだ」

岡村は話を一旦区切ると、カウンターに置いてあったグラスのお茶を飲んだ。

「沙羅ちゃんのために児童自立支援施設出身ということを隠したとしても、騙すのはよくありませんね」

外山は渋い表情で言った。

「沙羅ちゃんの記憶からも、児童自立支援施設という言葉を消したかったそうです。九歳の時の記憶なら書き換えは可能です。特に彼女は解離性同一性障害なので、周囲の協力があれば嫌な記憶の抹消《まっしょう》は可能だったのでしょう。養護施設でさえ社会の目は厳しいです。社会は孤児に対して偏見に満ちていますから」

尾形が専門家としてフォローした。

「植竹さんは、篠崎くんを守ったのだ。批難はできない。十歳の時に入所としたのは、彼女が九歳で入所して一年後には精神的に落ち着いてきた。それをはじまりとすれば、彼女の記憶にも効果があると判断されたからだ。植竹さんの素晴らしいところは、玲奈くんを無理に矯正《きょうせい》するのではなく、二つの人格に個別に対処することで、篠崎くんの状態を安定させることに成功したことだ」

岡村はスツールに腰掛けて話を続けた。

養護施設では児童の向上心を尊重し、習い事などの希望を可能な限り実現するようにしている。沙羅は施設を退所した後、すぐ社会に出て役立ちたいからと経理などの知識を得るため書籍を購入した。一方で玲奈はコンピュータの専門書を欲しがり、運動不足を解消するために実戦空手の道場に通うことを望んだ。

それぞれの希望を叶《かな》えると、沙羅は簿記検定で二級を取得した。玲奈はあっという間に複雑なプログラムが組めるようになり、同時に空手の段も取ったそうだ。彼女の粗暴な性格に変わりはないが自制が利くようになり、職員とのコミュニケーションもとれるようになったらしい。

実験的な試みではあったが、植竹はそれぞれの人格にIQテストを実施《じつし》していたので結果は予測できたそうだ。

「篠崎くんが、〝新緑寮〟に入所したのは、二〇〇七年七月だそうだ。その前の児童自立支援施設に入所したのは、二〇〇六年八月。児童自立支援施設に入所した時の情報を植竹さんに問い合わせてもらっているが、入手は難しいらしい。最悪の場合、裁判所に請求できるが、こちらの事情が正当だと認められても何ヶ月かかるか分からない」

岡村は電子タバコを吸い始めた。話は終わったということだ。

「児童自立支援施設の情報が得られなければ、篠崎さんの母親の情報までは行き着けませんよね」

神谷は険しい表情で尋ねた。沙羅を目覚めさせるには、両親との間に何があったのか調べる必要があるのだ。

「児童自立支援施設に当時の記録は残っているはずだ。この際だから玲奈くんに協力を頼もうと思っているが、どうかな？」

岡村は電子タバコの水蒸気を吐き出し、神谷に尋ねてきた。玲奈にハッキングさせようというのだ。

「玲奈に事情は説明してありますし、冷静に受け止めているようです。彼女に任せても大丈夫だとは思います。しかし、十六年前の記録がデジタル化されているかは疑問ですね」

神谷は首を傾げた。

「そりゃあ、そうだねえ」

岡村はそれとなく外山の顔を見た。

「ですよねえ」

尾形も外山を覗き込むように体を捻った。

「ええ？」

外山が二人に見つめられて眉を吊り上げた。

「私の立場としては指示するわけにはいかないが」

岡村が外山をじろりと見た。

「やっぱり、外山さんが盗み出す他ありませんよ」

貝田が嬉《うれ》しそうに言う。

「馬鹿野郎。はっきり言うな」

外山が腕組みをして顔を背《そむ》けた。

5・五月十日PM8：50

午後八時五十分、東京港大井埠頭《おおいふとう》。

トヨタのハイエースが、大井中央陸橋から大井税関前交差点を渡った。

「本当にこんなことして危なくないですか？」

ハンドルを握る貝田は、怯《おび》えた口調で尋ねた。

「おまえは運転するだけだ。心配するな」

助手席の神谷は笑って答えた。二人とも大手運送会社の松竹《しょうちく》海運の作業服を着ている。

三時間ほど前に、米国のファンタム社から送られた医薬品のコンテナを積んだタンカーが大井埠頭に着岸したと木龍から連絡が入った。人目を避けるべく、埠頭での作業が終了するのを待ってやって来たのだ。

神谷は荷物を受け取る板梨の不正を暴く証拠を手に入れるためにコンテナに忍び込み、医療用大麻のケースにGPS発信機を取り付け、コンテナ内外に盗撮用のカメラを設置するつもりである。潜入と言っても建物ではないので外山に頼むまでもない。また、徳衛会の手下と遭遇する可能性もあるので、神谷だけで潜入することにしたのだ。

沙羅の件で、玲奈が〝安倍野学園〟のサーバーをハッキングしてみたが、経理などありふれた情報ばかりだったそうだ。そのため、〝安倍野学園〟に関する捜査は明日以降ということになっている。また、ファンタム社からのコンテナは不定期なため、今夜がチャンスであった。

心龍会は戦後、港湾労働者を束《たば》ねて勢力を拡大した。だが、港湾運送に必要な労働力の確保と雇用《こよう》の改善を目指して一九八九年に港湾労働法が施行され、暴力団関係者は排除された。

心龍会は法の施行に対処すべく新港湾運送株式会社という会社を設立し、港湾労働に関わってきた。とはいえ、港湾労働は３Ｋの象徴《しょうちょう》のような労働であることに変わりはなく、収益性は低い。だが、港に自由に出入りできる手段を持つことが、心龍会にとって重要だったようだ。神谷はあえて尋ねなかったが、密輸に深く関わっているのだろう。

ハイエースは突き当たりを日本橋芝浦大森《にほんばししばうらおおもり》線に右折した。この時間、コンテナトラックは行き交《か》うが、一般車両はほとんど見かけない。

「百メートルほど先に港湾の入場口がある。頼んだぞ、チェコフ」

神谷は貝田を米国のＳＦテレビ番組で『スタートレック』シリーズの乗組員の名前で呼んだ。昨年、Ｍ委員会が絡む事件の捜査で、貝田はチェコフに成り切って大活躍した。

「分かりました」

貝田は不貞腐《ふてくさ》れたように低い声で答えた。今回は、このパターンは使えないようだ。

神谷は運転席側のダッシュボードの上に、入場許可証を載せた。木龍が用意した本物の許可証で、作業服と車はここ探偵事務所から借りている。この車は、ナンバープレートで持ち主を辿れないように巧妙に登録されているのだ。

貝田は左折して港湾の入場口に入った。警備員が立っていたが、入場許可証をチラリと見ただけで右手の誘導灯をくるくると回した。

「今の警備員、絶対に入場許可証を見ていませんよ。ちゃんと確認を取って貰ったほうがいいんじゃないですか？」

貝田はバックミラーで背後を気にしている。

「余計なことはしなくていい。前を見て運転してくれ」

神谷は貝田の耳元で指を鳴らした。

「びっくりするじゃないですか。指を鳴らして、サノスですか？　存在を消されたのかと思いましたよ」

貝田はわけの分からないことを言い出した。

「サノスって、なんだ？」

舌打ちをしながらも尋ねた。

「しっ、知らないんですか？　『アベンジャーズ』に出てくる無敵のラスボスですよ。指パッチンするだけで、なんでも消滅させられるんです。もともとは四十年以上前のコミック『アイアンマン』に出てきたキャラクターなんですが、二〇一九年の『アベンジャーズ／エンドゲーム』では、最強の敵キャラでしたよ。アイアンマンやスパイダーマンが束になってもボッコボコでしたから」

貝田は楽しげに語り始めた。怯えるよりもましだが、この先面倒なことになりそうだ。

何年か前の「アベンジャーズ」の映画は見たことがある。「アベンジャーズ」とはアイアンマンやスパイダーマンなどのアメコミのヒーローを集めたチームのことだ。

「分かった。それで、おまえは何なんだ?」

こうなったら付き合うしかない。

「もちろん私はタイム・ストーンを守護する魔術師、ドクター・ストレンジですよ。知的でハンサムなところが似ているでしょう。あの髭《ひげ》がまたかっこいいんですよ」

貝田はにやにやしながら顎を摩《さす》っている。顎髭を触っているつもりなのだろう。貝田の言っていることはさっぱり分からないが、うまくいけば彼はゾーンに入るかもしれない。

「ドクター・ストレンジ。目的地は第四バースだ。そこを左に曲がって二百メートル先で停めるんだ」

神谷はスマートフォンで位置情報を確認しながら言った。

「ドクと呼んでください」

貝田は目を輝かせながらハンドルを左に切った。右側に五段も積み上げられたコンテナが、壁のように連なっている。大井コンテナ埠頭は、北側の第一バースから南側の第七バースまで七つのエリアに分かれている。岸壁にはガントリークレーンが設置されており、それぞれのエリアはコンテナの集積場になっていた。コンテナは高いところでは五段も積み上げられ、横並びに六列並んで一つのブロックになっている。ブロックは南北方向に一、二メートルの間隔《かんかく》で置かれていた。

「ドク。三百メートル先の角で停めてくれ」

神谷はコンテナの壁の角を指差した。

「了解！　キャップ」

「キャップ？」

神谷は苦笑した。キャップことキャプテン・アメリカは、アメリカのコミックの主人公でアベンジャーズの一員である。サノスは、敵キャラなので使わないのだろう。

「知らないんですか？」

「知っているよ。それくらい」

「そうですよね。常識ですから」

貝田はライトを先に消すと、コンテナが途切れる角に車を停めた。第三バースの西の外れである。

「適当にUターンして、すぐに脱出できるようにしておいてくれ。向きを変えたらライトを消して頭を引っ込めているんだ」

神谷は機材を入れた防水のバックパックを手に車を降りた。ハイエースなら埠頭に駐車しておいても誰も怪しまないだろう。

近くのコンテナの陰から作業服を着た男が辺《あた》りを警戒《けいかい》しながら出てくると、ハイエースの背後に回り込んで近付いてきた。身長は一八〇センチほど、坊主頭で厳《いか》つい顔をしている。

「神谷さんですか?」

男は小声で尋ねてきた。新港湾運送社の刺繍《ししゅう》が入った作業服を着ている。

「塩見《しおみ》さんですね。よろしくお願いします」

神谷は丁寧《ていねい》に頭を下げた。木龍から新港湾運送社の現場責任者を紹介されていたのだ。彼は心龍会の組員で、貨物船から下ろされたファンタム社のコンテナを特定するように木龍から命じられていた。

「コンテナは二十フィートサイズで、場所は、第四バースの南東の角に単独で置いてあります」

塩見はポケットから折り畳《たた》まれた紙を出し、拡げて説明した。コンテナ埠頭の見取図である。

「絶好のポイントじゃないか」

神谷は頷いた後、首を傾げた。荷上げされたばかりのコンテナのため、ガントリークレーンの近くにあることは分かるが、角に単独で置いてあるというのは都合が良すぎるのだ。

「おそらく検疫《けんえき》を受ける前に荷抜きするつもりで、場所を指定したと思います。この時間は護岸に近い方が人目にはつかないんですよ」

塩見は神谷の様子を見て答えた。

「検疫逃れの荷抜きか。とすると、これから動くな。急がないと」

神谷は腕時計を見た。

「その方がいいですね。私は顔が割れているので、ご案内出来るのはここまでです。念のためにコンテナ番号も書いておきましたので確認してください」

塩見は見取図を裏返した。片隅にプレフィックスと呼ばれる英大文字と七桁《けた》の数字が書かれている。コンテナの番号と呼ばれるコードで、荷主と荷物番号などが分かるようになっているのだ。

「ありがとう」

神谷は見取図を受け取り、集積場の闇に消える塩見を見送った。徳衛会との接触を避けるべく、塩見も埠頭から離れることになっている。彼らの協力はここまでだ。

「何かあったら連絡してください。魔法陣で脱出できるようにしておきます」

様子を窺《うかが》っていた貝田が真顔で言うと、会社の備品であるブルートゥースイヤホンと小型無線機を渡してきた。

神谷は作業服の上から黒いウィンドブレーカーを着て、無線機を装着するとバックパックを担《かつ》ぎ直した。

「頼んだぞ。ドク」

貝田の肩を叩くと、神谷は走り出した。

6・五月十日PM9：10

午後九時十分、東京港大井コンテナ埠頭。

神谷は第四バースに積み上げられたコンテナ脇を護岸に向かって走っていた。

——こちらドク。キャップ、どうぞ。

さっそく、貝田から無線連絡が入った。

「こちら、キャプテン・アメリカ。どうぞ」

コードネームなどどうでもいいが、仕方なく返事をした。

——感度良好。こちら異常なし。

貝田は張り切った声を出している。

「了解」

神谷は溜息を殺して、首を横に振った。貝田は単にアメコミヒーローのコードネームを使いたかっただけなのだろう。

二百メートルほど先の交差点とも言えるコンテナ角で立ち止まり、周囲を見渡した。海風が吹き付ける埠頭に、人気《ひとけ》はない。ポケットからハンドライトを出すと目の前のコンテナの上部を照らす。コンテナ番号がファンタム社のものと一致した。

神谷は改めて周囲を見たが、舌打ちした。盗撮用のカメラを設置できそうな場所がないのだ。十数メートル離れた第五バースにコンテナがあるが目的のコンテナのドアと離れ過ぎていた。ドアは第五バースの南側を向いており、同じエリアの一番近くのコンテナは二十メートルほど離れた場所に平行に置かれている。真横からのアングルでは目的のコンテナの中を撮影出来ない。内部に仕掛ける他ないだろう。

コンテナの前面部は、両開きのドアになっており、四本の長い棒状のロックレバーで留められていた。ロックレバーにはそれぞれハンドルが付いており、国内輸送ならそのハンドルに鍵をする。だが、海上コンテナは輸出先でロックレバーの下部に封印のための〝シール〟と呼ばれる使い捨ての鍵を掛けるのだ。

〝シール〟は数種類あるが、ボルトのような形状の金属製の物が多い。輸入した荷受け先で〝シール〟を専用のカッターで切断してコンテナを開封する。

神谷はバックパックを足元に下ろすと、外側のポケットから切断前の〝シール〟を出した。木龍は米国の運送会社を調べ、その会社が使っている〝シール〟を用意してくれた。〝シール〟を切断してコンテナに潜入し、用事を済ませた後で持参した〝シール〟で再び封印するのだ。

バックパックから小型の油圧式ボルトカッターを取り出した。〝シール〟の金属は焼き入れしてあるため普通のボルトカッターで切断するのは難しいのだ。

――こちらドク。キャップ、どうぞ。

また、貝田からの無線連絡である。

「こちらキャプテン・アメリカ。どうした？」

――二台の車が来ました。あっ、そっちに行きます。どうぞ。

車にいるだけでなく、ちゃんと見張りをしていたらしい。さすがドクター・ストレンジである。

「了解」

神谷はバックパックを担いで、二十メートルほど先にあるガントリークレーンの足元に駆け込んだ。

黒塗りのベンツと日産のキャラバンがファンタム社のコンテナの前に停まった。キャラバンから緑色の作業服を着た四人の男が降りてきた。徳衛会は丸徳《まるとく》海運という運送会社を持っており、心龍会と同じく港湾の仕事を請け負っている。

徳衛会の一人がハンドライトでコンテナを照らすと、もう一人は油圧式ボルトカッターでシールを切断し始めた。残りの二人は作業をしている男たちを隠すように見張りに立った。彼らは、徳衛会の組員だろう。塩見の勘は当たったらしい。検疫を逃れるためだろうが、埠頭で荷抜きするとは大胆である。

神谷はバックパックから赤外線一眼レフカメラを出し、撮影を始めた。探偵課は設立して二年目だが、機材はそれなりに揃えてある。

男たちはあっという間に四つのシールを切断した。手慣れた様子なので、初めてではないのだろう。

ベンツの後部座席から三人のスーツ姿の男が降りてきた。最後に降りてきたのは、恰幅《かっぷく》の良い男である。

「やはりな」

神谷はにやりとした。後ろ姿だが恰幅の良い男は、板梨に間違いない。何度も尾行しているので、体型を見ただけで分かるのだ。それに他の二人は、板梨がいつも連れ歩いているボディガードである。

「くそっ」

だが神谷は舌打ちをした。ベンツが邪魔になり、板梨の顔を写すことが出来ないのだ。

神谷はポケットから目出し帽を出して被《かぶ》り、ガントリークレーンの脚部を回り込んで板梨の顔が見える場所まで移動した。彼らからは離れているが、遮蔽物《しゃへいぶつ》は埠頭の暗闇だけである。

神谷は位置を変えながらシャッターを切った。盗撮用にシャッター音がしないように改造されている。

「なんだあいつは！」

板梨のボディガードが、神谷を指差して叫んだ。

「あいつを捕まえろ！」

見張りに立っていた作業服の男が声を上げた。すると、キャラバンから新たに数人の男たちが降りてきて神谷に向かって走り出した。

「やばい」

神谷はカメラをバックパックに突っ込むと、慌てて第三バースがある北に向かって走った。足には自信がある。ヤクザに負けるはずがない。

銃声。

足元に銃弾が跳《は》ねた。

神谷は近くのコンテナの陰に転がり込んだ。徳衛会は凶暴だと聞いていたが、いきなり発砲してくるとは思わなかった。人気がないので大胆なのかもしれない。

「こっちだ！」

「そっちに回れ！」

男たちの声が響く。

神谷はハイエースのところまで戻るべく、コンテナの隙間を縫《ぬ》って西に向かった。一ブロック走り、通路を覗くと銃を構えた男が目の前に現れた。

男が銃を構えて発砲する瞬間、神谷は踏み込んで男の銃を左手で払った。同時に男の手首を摑んで捻って投げ飛ばす。ＳＡＴで鍛《きた》え上げ、スカイマーシャルで磨きを掛けた技は衰《おとろ》えを知らない。男はコンテナの壁に頭を叩きつけて昏倒《こんとう》した。

数メートル先のコンテナの隙間に入ると、さらに西に向かって走った。

「こちらキャプテン・アメリカ。ドク！　エンジンをかけて待機！」

神谷は無線で貝田に連絡した。

――こちら、ドク。了解です。

貝田は普段と変わらない声で応答した。銃声が二発もしたが、警戒すらしていないようだ。もっとも、聞いたことがない人間には、銃声だとは判断できないのだろう。

神谷は一番西の通路に出ると、今度は南に向かって走った。

「いたぞ！」

後方で声がした。

神谷は振り返りながら走った。三人の男が銃を手に迫ってくる。

「脱出するぞ！」

ハイエースの助手席に飛び乗った。

「了解。瞬間移動」

貝田は奇妙に手首を曲げてサイドブレーキを解除した。しかも、いつの間にか口の周りに髭《は》を生やしている。油性ペンで書き込んだらしい。

「ヤクザに追われているんだ。早くしろ！」

神谷は大声で怒鳴った。

銃弾がリアウィンドウに命中した。

「ええっ！　それを先に言ってください」

貝田は慌ててアクセルを踏んだ。

ハイエースは後輪から白煙を上げながら立ち去った。

マッカラン

1・五月十日PM10：40

五月十日、午後十時四十分。911代理店。

プリウスが会社の前に停まり、後部座席から神谷《かみや》と貝田《かいだ》が降りた。

「ありがとう」

バックパックを担いだ神谷は、運転席の奥山《おくやま》に礼を言ってドアを閉めた。

大井埠頭から脱出し、尾行の有無を確認してから借りていたハイエースをこころ探偵事務所に返して来た。奥山は木龍《きりゅう》から命令されて会社に残っていたらしく、自分の車で送ってくれたのだ。

「失礼します」

頭を下げた奥山は、笑顔で去っていった。彼には徳衛会の手下から襲撃されたと、埠頭での顚末《てんまつ》を教えてある。無事に送り届けられてほっとしているのだろう。

神谷は内部のガラスドアを非接触キーで開けた。貝田は危なっかしい足取りで後ろから付いてくる。生まれて初めて銃撃されてかなりショックだったらしい。

「お疲れ。顔を洗っとけよ、ドク」

神谷は階段前で振り返って苦笑した。油性ペンで描いた髭が、そのままなのだ。

「そうします。僕は髭が薄いので、今日中にネットで付け髭を買うつもりです」

元気のない声で答えると、貝田はまるで夢遊病者のようにふらふらと自分の部屋に向かって歩き出した。冗談を言えるので心配することはないだろう。

「しょうがない奴だ」

首を振った神谷は階段を三階まで上がると、三〇一号室のドアをノックした。

「待っていた」

岡村《おかむら》がドアを開けた。帰社したら報告することになっていたのだ。

「遅くなりました」

神谷はバックパックを下ろし、岡村のデスク前に置いてある椅子に座った。

「まさかとは思うが銃撃されたのか？」

岡村は自分の椅子に座ろうとしたが、神谷を見て両眼を見開いた。

「ええ、報告しようと思っていましたが」

神谷は首を捻った。

「先に左肩の傷を手当てした方がいいんじゃないのか？」

岡村は険しい表情で言った。

「肩？　むっ……」

神谷は自分の左肩を触って眉を吊り上げた。激痛というほどではないが、痛みを感じるからだ。徳衛会の手下の銃を払ったが、同時に発砲された。その際、銃弾が肩を掠《かす》めたらしい。アドレナリンのせいで痛みを感じなかったようだ。

「徳衛会か？」

岡村は険しい表情で尋ねた。

「そうです。私が目的のコンテナを見つけた直後に、徳衛会と板梨《いたなし》が荷抜きのために現れたんです」

神谷は現場の状況を説明し、デジタルカメラを渡した。

「板梨と部下、それにその背後に徳衛会の手下も写っているな。だが、これではたまたま同じ場所にいたと弁解されるだろう」

岡村は写真を確認すると、小さな溜息を吐いた。

「このデジカメは、スマホと一緒で画像データに位置情報を自動的に埋め込みます。警察にこのデータを渡せば、さすがに彼らも捜査をはじめるでしょう」

神谷はデジタルカメラを指差して提案した。沙羅《さら》の捜査を本格的に進めるために、この事件はさっさと警察に引き渡したいと思っている。

「この程度の情報じゃ、警察は動かないよ。たとえ、君の友人の畑中《はたなか》でもね。ただでさえ、連中は事件を抱えている。そもそも殺人事件でもない。プライオリティは下がるんだ」

岡村は首を振ってデジタルカメラを返してきた。彼は捜査一課でのキャリアが長い。捜査の手順はよく分かっているのだ。

「……そうですか。分かりました。ただ、沙羅の捜査もやらせてください」

神谷は小さく頷くと、鋭い視線で岡村を見た。

「篠崎《しのざき》くんの過去を調べれば、過酷《かこく》な事実を知ることになると思う。冷たいようだが、おそらくそれを玲奈《れいな》くんに告《つ》げるのは君の役目になるだろう。その結果、沙羅くんを取り戻せるかもしれないが、もしかしたら玲奈くんを失うかもしれない。辛い役目になるぞ」

岡村は眉をへの字に曲げて言った。彼は篠崎の父親というつもりで何年も接しているのだが、沙羅はともかく玲奈の警戒心を解くことは出来ないそうだ。

「分かっています。それが出来るのは、私だけだと思っています」

神谷は自分の胸を右拳で叩いて立ち上がった。岡村に腹を立てているわけではない。ただ、自分が対処する他ないという事実に腹が立つのだ。酒でも飲みたい気分だが、今さら外で飲む気にはなれない。だが、アルコール依存症になった経験があるため、ビールを除いて自室に酒は置いていないのだ。

「おっ」

神谷の目が、岡村の背後にあるウィスキーが並べてある棚に吸い寄せられた。以前は半分ほどがハードカバーの書籍だったが、見るたびに書籍は他棚に移動され、ウィスキーのボトルが増えている。この分では、ウィスキー専用の棚になりそうだ。

彼はウィスキーをこよなく愛し、様々なブランドのウィスキーを集めている。

主にスコッチウィスキーと日本のメーカーのシングルモルトが多い。いつも愛飲するのはスコッチウィスキーで、日本のウィスキーは投資目的らしい。そのため、棚の鍵がかかる場所に、サントリーの〝響〟や〝山崎〟などの年代ものを保管しているそうだ。どれも海外では百万円以上で取引されると聞いたことがある。

「社長。棚にあるウィスキーを一本お借りできませんか？　これから玲奈と少し話してみます。十二年ものがいいかな」

　神谷は三本並んでいる〝マッカラン〟の十二年ものの一番右端をさりげなく指差した。十二年ものの〝マッカラン〟でも種類があり、右端は「シェリーオーク」とラベルに記されている。シェリーオークの樽《たる》だけで熟成された原酒を使っており、値段は少々高いが、華やかで甘い香りがするので玲奈も気にいるはずだ。

「玲奈くんと？　……いいだろう」

　立ち上がった岡村は一番左端の〝マッカラン〟の十二年ものに手を伸ばした。「トリプルカスク」と記されており、三種類の樽で作られた原酒をブレンドしたもので甘いバニラ風味である。だが、神谷の好みではない。

　神谷はわざと咳払《せきばら》いをした。すると、岡村は隣りの「ダブルカスク」のボトルに右手を移したので、また咳払いをする。二種類の樽の原酒をブレンドしたものだが、「トリプルカスク」と同じで当たり障《さわ》りはない味と甘い香りである。これらは微妙な差だが、「シェリーオーク」と飲み比べれば違いは分かるのだ。

「舌が肥《こ》えてきたな」

舌打ちをした岡村は「シェリーオーク」のマッカランを取った。

「事件が解決したら、その右隣りのマッカランをいただきますよ」

神谷はボトルを受け取り、にやりとした。右隣りは「シェリーオーク」の十八年もので今の市場価格で七万円前後である。だが、棚に並んでいるということは、岡村は投資目的ではなく愛飲しているということだ。

「一オンスなら、奢《おご》ってやる」

岡村が鼻先で笑った。一オンスなら三十ミリリットル、小さめのショットグラス一杯ということである。

「ケチですね」

神谷は岡村にマッカランのボトルを振って見せると、部屋を出た。

2・五月十一日AM0：00

神谷は自室に戻り、軽くシャワーを浴びて着替えた。

銃で撃たれた場所は、ほんのかすり傷で縫《ぬ》うほどでもない。ガーゼを当てて医療用テープで止めた。

二つのグラスと〝マッカラン〟のボトルを手に三〇五号室のドアをノックした。事前に玲奈には電話を入れてある。

「開いている」

玲奈の声がした。

「ん」

部屋に入った神谷は、思わず中を見回した。この時間、いつもなら玲奈は仕事机に向かっているのだが、見当たらないのだ。プライベートエリアのソファーにもいない。ソファーの向こうには壁紙が貼られたトイレが併設されたシャワールームがある。ガラス張りだったが、沙羅の頼みで神谷が壁紙を貼った。シャワールームに入っているのかもしれないので、耳を澄《す》ました。

プライベートエリアは背の高いパーテーションで仕事エリアと仕切られており、出入口部分はアコーディオンカーテンで仕切ることも出来るが、いつもは開けっぱなしになっている。沙羅も玲奈も閉所恐怖症のため、閉めると閉塞感《へいそくかん》を覚えるらしい。

「ごめん。明日にしようか」

神谷は音を気にしながら、プライベートエリアをちらりと覗いた。シャワーの音は聞こえない。

「こっち」

玲奈はベッドで枕を背に座っている。

「そうか。すまない、寝ていたんだな」

神谷は玲奈と視線を合わせて、頭を掻いた。沙羅がいなくなってから玲奈は、沙羅と玲奈の生活時間を跨《また》いで起きている。というか、普通の人並みの生活をしていると言った方がいいのかもしれない。

「昨日は疲れて早く眠れたけど、今日はぜんぜん眠れない。お酒なら一杯でも二杯でも付き合うわよ」

玲奈は足をベッドから下ろして座った。

「私はロックで飲むけど、どうする？」

神谷は〝マッカラン〟のボトルと二つのグラスをサイドチェストに載せた。これまで玲奈とはこの部屋で数度飲んだことがある。彼女は酒に強く、ビール、缶酎ハイ、日本酒、缶のハイボールとなんでもいける。沙羅も飲めるかもしれないが、彼女は昼間だけ起きている関係上、一緒に飲んだことはない。沙羅自身、飲酒経験はないのだろう。

「私はコーラ割り」

玲奈は立ち上がり、壁際に置いてある冷蔵庫からペットボトルのコーラを出した。

「コーラ……ね。氷もらおうか」

神谷は苦笑した。炭酸ならまだ分かるが、味の濃いコーラで割ったら〝マッカラン〟の香りも味も分からなくなってしまう。一言で言えば、勿体《もったい》無い。

「どうぞ」

玲奈は神谷のグラスと、コーラを注いだグラスに氷を入れた。

「ありがとう。この〝マッカラン〟は、シェリー樽で熟成されているから味に深みがある。

それに香りがいいんだ。香りを先に楽しんでみたら？」

神谷は自分のグラスを彼女の目の前に出した。

「うん？」

玲奈は顔を顰《しか》めた。

「香りが気に入らない？」

神谷は首を捻ってグラスの香りを嗅《か》いだ。〝マッカラン〟の〝シェリーオーク〟の香りである。

「悪い香りだとは思わないけど、なんだか、頭痛がするの。それにこの香りを嗅ぐのは初めてじゃない気がする」

玲奈は自分のコークハイを飲んだ。

「なんとなく、覚えがあるということかな。君には、映像記憶能力があるよね。香りも同じように記憶するのかな？」

神谷は、グラスの香りを嗅ぎながら尋ねた。玲奈には「映像記憶」、あるいは「写真記憶」と呼ばれる、見たものを瞬間的に記憶する能力を持っている。

「ええ、まあ、記憶力はいいから香りも味も忘れないわ。だからと言って、その時の映像とリンクするかといえば弱いわね。視覚の記憶とは少し違うみたい」

玲奈は肩を竦めた。

「ちょっと待っていてくれ」

神谷はグラスをサイドチェストに置くと、部屋を飛び出した。廊下を走って、反対側の三〇一号室のドアを叩いた。

「どうしたんだ？」

岡村が迷惑そうな顔でドアを開けた。

「〝マッカラン〟は、はじめてのはずなのに、玲奈に記憶があるようなんです」

神谷はドア口で言った。

「彼女が覚醒《かくせい》している際に、誰かが〝マッカラン〟を飲んでいたということか。だが、少なくとも彼女が〝新緑寮〟に入所する前の記憶だろう。所長の植竹さんは自分も含めて職員に施設内での飲酒を厳しく戒《いまし》めているからね。まあ、児童が暮らす施設だから、当たり前だろうが、それは〝安倍野学園〟も同じはずだ。とすれば、八歳になる前の記憶かもしれないな」

岡村は腕組みをして頷いた。

「彼女の記憶を呼び戻すのに協力願えませんか？」

神谷はわざと部屋を覗き込んだ。

「まさかとは思うが……」

岡村は頭を掻いて振り返った。

「それで、玲奈の記憶を鮮明にするためにマッカランを一通り、お借りしたいんです」

神谷は岡村の脇をすり抜けて部屋に入り、ウィスキーのボトルが並べられている棚の前に立った。

「おいおい。……仕方がない」

岡村は首を横に振ると、マッカランの十二年もののボトルを取ってデスクの上に載せた。

「十二年ものだけで、記憶が蘇《よみがえ》りますかね。三十年ものだったら、もっと確実かもしれませんよ」

神谷は、鍵の掛かる棚の下を指差した。

「三十年もの？　どうして知っているんだ？」

岡村は両眼を見開いた。

「本当にあるんですか？　驚いたな」

神谷は苦笑いをした。適当に言ったのだ。現在流通している三十年ものなら、三十万円前後というところだろう。だが、投資目的なら、より価値がある何十年も前の三十年ものに違いない。

「分かったよ。それじゃ、十八年ものも持って行きなさい。香りだけなんだよな」

舌打ちをした岡村は棚から十八年ものを出して、デスクの上に置いた。

「ありがとうございます」

神谷は岡村の気が変わらないうちに三本のボトルを抱えて急いで部屋を出た。

「ただいま」

神谷は玲奈の部屋に戻ると、プライベートエリアではなく作業エリアにあるソファーの前に置いてあるガラステーブルの上にボトルを並べた。作業エリアのソファーは少し小さめで、作年購入したものである。プライベートエリアのソファーは以前から使っているものを移動させたのだ。

「あなたの魂胆《こんたん》は分かったわ。順番に香りを嗅げばいいのね」

玲奈は最初に持ってきた十二年ものと、なぜかコーラのペットボトルを持って来た。

「香りを嗅ぐ段階で、頭痛が酷くなったら止《や》めて欲しい。君の体に負担を掛けるようなことはしたくないんだ」

神谷は玲奈をソファーに座らせた。何かあって倒れたら困るからだ。

「分かった。さっきのボトルも念のためにもう一度匂いを嗅いでみるわ」

「蓋《ふた》は私が開けるよ」

神谷は十二年もののシェリーオークの瓶の蓋を開けて彼女の前に差し出した。

「ありがとう」

玲奈は、鼻をひくつかせて匂いを嗅いだ。

「大丈夫?」

「さっきよりは頭痛は感じない。でも、香りはなんとなく覚えがあるけど、記憶は蘇らないわね」

神谷の問いに玲奈は、笑みを浮かべた。

次に十二年もののダブルカスクのボトルを出すと、玲奈は香りを嗅いで首を横に振った。

何も感じないらしい。

「ちょっと待って」

玲奈は、コーラの匂いを嗅いだ。おそらく香りの違いを鮮明にするためだろう。

神谷は十二年もののトリプルカスクのボトルを出した。

「どう？」

神谷は玲奈の顔色を窺《うかが》った。

「最初のボトルが、一番刺激的だったかな。口では表現できないけど、記憶にある香りはもっと深みがあるの」

玲奈は小首を傾げた。ピンとこないようだ。

「それじゃ、最後に」

神谷は十八年ものを出した。これで駄目なら、岡村に三十年ものを出させるつもりだ。

熟成されたウィスキーの方が、当然ではあるが香りも風味も芳醇《ほうじゅん》になる。

「うっ！」

玲奈は十八年ものの香りを嗅いだ途端、気を失った。

3・五月十一日AM2：00

五月十一日、午前二時。911代理店。

神谷はタブレットPCの画面を見ながら、欠伸《あくび》をした。

二時間ほど前、玲奈にマッカランの十八年ものの香りを嗅がせたところ、気絶してそのまま眠ってしまったのだ。すぐに尾形《おがた》を呼び寄せて対処を尋ねたところ、無理に起こさず、自然に目が覚めるのを待った方がいいとアドバイスを受けている。また、臨床的な試みは尾形に事前に相談するようにと、怒られてしまった。

神谷は、玲奈を抱き抱えてベッドに寝かせた。このまま朝まで起きないかもしれないが、彼女が眠っている間に異変が起こらないとも限らない。そのため、プライベートエリアのソファーに座って見守っているのだ。目覚めても落ち着かない様子なら、鎮静剤を飲ませた方がいいだろう。沙羅を覚醒《かくせい》させようと焦《あせ》るあまり、軽率《けいそつ》な行動を取ってしまった。

「タブレットで、何を見ているの？」

不意に玲奈の声がした。

「えっ！」

声に驚いた神谷が、ベッドを見ると玲奈がこちらを見ている。優しい口調をしていたので沙羅かもしれない。

「残念ながら、玲奈よ。私、どうしたの？」

玲奈は半身を起こし、枕を立てて座った。スマートフォンで時間を確認し、小さな溜息を吐いている。気絶した際の記憶がないのかもしれない。

「マッカランの十八年ものの香りを嗅いだら、君は気絶したんだ。軽率だったよ。本当にすまなかった」

タブレットを脇に置いた神谷は、立ち上がると頭を下げた。

「途中までの記憶はある。でも、目的が分かった上で、自分でウィスキーの香りを嗅いだのよ。どうして、謝る必要があるの。訳が分からない」

玲奈は鋭い視線で神谷を見た。

「そうかもしれないが、結果を自分の都合のいいように期待していた。まさか、君が気を失うほどショックを受けるとは思っていなかったんだ。身勝手な判断だと思う」

神谷は玲奈が記憶を呼び覚ますことで、捜査の手がかりが見つかると単純に考えていた。言葉では彼女の体を心配しながら、本当は何も考えていなかったのに等しい。玲奈が失神した際、自分の顔から血の気がひくのが分かった。二度とあんな気持ちは味わいたくない。

「気を遣ってもらうのはありがたいけど、少しぐらい冒険しないと沙羅は助けられないと思っている。私が沙羅を守るために生まれたのなら、彼女を取り戻すのならなんでもする。危険は当たり前でしょう?」

玲奈はベッドから下りて冷蔵庫からペットボトルのミネラルウォーターを二本出した。一本を神谷に渡すと、ベッドに腰を下ろした。

「君の決意は尊重する。だが、私にとって君も沙羅も等しく大事なんだ」

神谷はペットボトルを受け取り、溜息を吐いた。

「分かった。この話はこれまで。実験の話をしましょう」

玲奈は右手を横に振ると、ミネラルウォーターを飲んだ。

「実験？　ああ、確かに」

神谷は苦笑した。ウィスキーの香りを使った実験という訳だ。

「マッカランの十八年ものの香りが、鼻腔《びくう》を刺激した瞬間、様々な映像が私の頭の中を駆け巡ったの。私が気を失ったのは、そのデータ量の多さだけでなく、すべての映像に負の感情が込められていたからだと思う」

玲奈は天井を見上げながら言った。

「どうして、負の感情だと思ったの？」

「胸を締め付けられて、息が出来なくなった。溺《おぼ》れたことはないけど、湖で足を引っ張られて沈んでいく感じがした。きっと死ぬ時はあんな感じかな。その先にあるのは、〝ビヨンド〟だったのね」

玲奈は数ヶ国語を話せると聞いたことがある。そのため、会話中たまに英語やイタリア語の単語が混じるようだ。〝ビヨンド〟とは、あの世のことである。

「危険な目に遭わせてしまったね」

「逆のような気がする。引き出された映像を明確にすれば、頭の中の霧《きり》が消えると思う。おそらく、沙羅はその霧に囚われて抜け出せないんじゃないのかな」

玲奈は人差し指で額を叩いた。彼女は単に頭痛と言ったが、頭の中に靄《もや》が掛かった状態になっているのかもしれない。

「頭の中の映像を何かの方法で具体的な形に出来ないかな？」

神谷はゆっくりと尋ねた。無理強《むりじ》いしたくないのだ。

「多分出来ると思う。付き合ってくれる？」

玲奈は作業エリアに入り、自分のデスクの椅子に座った。デスクトップのパソコンは、コンピュータルームのスーパーコンピュータと繋がっている。

「危険はないのかな。出来れば尾形さんに聞いた方がいいと思うけど」

「私のことは私が一番よく知っている。尾形じゃないわ」

「なるほど」

神谷は玲奈の隣りに椅子を置いて座った。彼女は背後に立たれるのを嫌うのだ。

「とりあえず、思いつくままネットから映像を抜き出して自分の記憶に近いものをピックアップしてみる」

玲奈はキーボードに両手を載せると、正面の28型のメインモニターに向かって目にも留まらないスピードでタイピングし始めた。

メインモニターの上と、左右に二台ずつサブモニターがあり、すべてのモニターに画像が現れ、目まぐるしく変わる。一枚当たり、一秒も掛かっていない。フラッシュバックのような映像を彼女は一瞬で確認しているようだ。

「……おかしい」

玲奈は二分ほどすると、手を止めた。

「どうした？」

神谷は横を向いて玲奈を見た。

「物凄くはっきりしているイメージもあるけど、霧の中のようなはっきりとしないイメージもある。私が見聞きしたことなら忘れるはずがないんだけどな」

玲奈は右手で額を押さえた。

「君たちは記憶を共有しないよね。精神医学的にもそう言われているそうだけど、ひょっとしてはっきりしないイメージとは沙羅の記憶じゃないのかな？」

神谷はパソコンのモニターに残された画像を見て首を捻った。画像は室内のものばかりである。夜間だけ活動していた玲奈の記憶に基《もと》づいているからだろう。

「沙羅の記憶？　彼女が撮影した写真や映像からの間接的な記憶というのならあり得るけど、彼女の記憶に私が直接アクセス出来るとは思えない。精神科医じゃないから断言できないけど、私たちは脳の違う場所を使っていると思うの。だから、記憶を共有できないはずよ」

玲奈は、沙羅との関係を客観的に分析しているようだ。

「君の説明に納得しそうだが、それは一般論だろう？　君たちは普通の解離性同一性障害とは違う気がするんだ。脳の共通部分を使っているかもしれないだろう。なんとか、沙羅の記憶にアクセス出来ないかな？」

神谷はモニターの画像と玲奈を交互に見た。

「私には出来ないけど、ヒプノセラピーなら可能かもね」

玲奈は腕組みをして答えた。

「催眠療法《さいみん》？」

神谷は肩を竦めた。神谷も多言語話者なので単語の意味はだいたい理解できるが、専門用語の場合は内容まで分かるわけではない。

「これまで精神医学の専門書は、何冊も読んだ。潜在意識を表面化し、内面と向き合うことで患者を治療するの。私が催眠状態になることで、沙羅を呼び出せるかもしれない。ただ、ヒプノセラピーが出来る精神科医は本場の米国ならともかく、日本では限られると思う。尾形じゃ無理そうだし」

玲奈は淡々と言った。

「明日の朝、尾形さんに聞いてみよう。今日はもう遅いから眠らないか？　これ以上、無理しない方がいい」

神谷は玲奈の肩に手を乗せようとして、引っ込めた。疲れているせいで気が緩んだようだ。女性としてというより、仲間に対する友情表現だが、セクハラにもなり得る。

「そうね。添い寝してくれたら寝てもいいわよ。お姫様だっこでベッドまで連れていってくれる？」

玲奈は悪戯っぽい笑みを浮かべた。モニターに神谷の行動が映っていたのを見たので、揶揄《からか》っているのだろう。

「いや、それは……」

神谷は立ち上がって両手を振った。

「冗談よ。朝また私が起きたら、ご飯を付き合ってね。おやすみ」

玲奈はモニターの電源を落とすと、プライベートエリアに入って行った。

「ああ、おやすみ」

呆気《あっけ》にとられていた神谷は、慌てて部屋を後にした。

4・五月十一日AM9：00

五月十一日、午前九時。911代理店食堂兼娯楽室。

神谷は一昨日《おととい》から定例となった朝の会議で、昨夜からの玲奈の出来事を報告した。

今朝の玲奈は午前六時半に起床し、昨日と同じく神谷と一緒に軽い運動をしてから朝食を摂《と》った。今日はさほど精神的な動揺は見られなくなっている。

沙羅は過去に囚《とら》われて抜け出せなくなっているだけで、消えたわけではないという自信が玲奈にあるそうだ。それは願望かもしれないが、昨日のマッカランを使った記憶実験でそう感じたらしい。というのも、思い出せる記憶が少なく、ぼやけた記憶が多かったから、それは自分ではなく沙羅の記憶だからだと結論に達したようだ。

「なるほど。そういうことか。尾形くんはどう思う?」

カウンターに肘を突いて立っている岡村は、尾形に顎を向けた。

「玲奈さんの分析は、当たっているかもしれませんね。解離性同一性障害は、辛い記憶や環境から心のダメージを回避すべく、別人格になることで感情や記憶を切り離すのです。少し前までは、人格の統合が治療のゴールとされていましたが、現在ではそうではありません。むしろ、治療を進めることで消滅する人格が反発し、新たに別人格が生まれる症例もあります。別人格と安定した生活が送れるのなら、それがベストだと私は思います。その上で、玲奈さんに催眠療法を施《ほどこ》し、沙羅ちゃんを一時的でも覚醒させるのは効果的だと思います」

尾形は咳払いをし、長々と説明した。

「玲奈から催眠療法は、米国が本場だと聞きました。国内に優秀な精神科医を知っていますか?」

神谷は尾形に尋ねた。

「確かに催眠療法は、高度なテクニックがいります。それに普通の医者と同じで、治療件数が多いほど信頼度が増します。国内にも優秀な精神科医はいるとは思いますが、私は面識がありません。そこで、前にも紹介した友人のパトリック・宮園《みやぞの》の協力を得ようと思います」

尾形は神谷というより、岡村に向かって答えた。

「それは凄い話だが、わざわざニューヨークから来てくれるのか?」

岡村が言葉とは裏腹に顎を引いた。費用を恐れているに違いない。

「まさか。彼は開業医ですので、自分の患者を放って海外に出られませんよ。今は海外でもリアルタイムにビデオ会議が出来ます。私が付き添っていれば大丈夫だと、パトリックから返事はもらっています」

尾形は胸を張って答えた。少々自慢が入っているようだ。

「しかし、モニター越しに催眠術が掛かりますか？」

神谷は首を捻った。よく、催眠術師がテレビに出てくるが、視聴者まで催眠術が掛かったとは聞いたことがない。

「以前、何度かチャレンジしたけど、うまくいかなかったそうです。そこで、彼は最近になって催眠導入機を使うことで、成功したと聞きました。催眠導入機を患者の近くに置き、ネットワークを通じてコントロールするそうです」

尾形はテーブルの中央に自分のタブレットＰＣを載せ、画像を表示した。

「これって、その催眠導入機の設計図ですか？」

貝田が、タブレットＰＣを覗き込んで尋ねた。

「さすがだ。催眠導入機は特注なので、こちらで作れないかと設計図を送ってきたのです」

尾形はタブレットＰＣを貝田に渡した。

「部品を購入すれば、明日中に出来ますよ」

貝田は何度も頷きながら答えた。

「費用は会社で出すから、至急作ってくれ。できれば、今日中に頼む」

岡村は貝田に言った。

「尾形さん、設計図を僕に送ってください。これから部品を買ってきます」

貝田は食堂を飛び出して行った。

「というわけで、今夜の作業は、君ら三人で頼んだぞ」

岡村は神谷らを見て言った。「作業」とは児童自立支援施設〝安倍野学園〟に潜入することを言っている。

「その件ですが、玲奈が会議に参加したいと言っています」

神谷は岡村を見返した。夜間に潜入して記録を盗むと彼女に教えたのだが、提案があるというのだ。内容は聞いていないが、彼女から会議の途中で参加したいと言われている。

「何！　玲奈くんが」

岡村は慌ててカウンターの片隅にあるクリアボックスから三つの伊達《だて》メガネを出した。玲奈と視線を合わせて、彼女の機嫌を損《そこ》ねないようにするための小道具である。岡村は、尾形と外山《とやま》に投げ渡すと、自分もかけた。尾形と外山はテレビを背にしているので、立ち上がって神谷の後ろに立った。

「私だ。参加しても大丈夫だよ」

神谷はスマートフォンで玲奈に連絡をした。すると、食堂の大型テレビの電源が入り、玲奈の顔が映った。テレビは会社のネットワークに接続されており、モニターとして使えるのだ。

「提案を話してくれ」

岡村はスツールから下りて、尾形の横に立った。カウンターの近くでは、テレビの上に設置されているネットワークカメラから近すぎるためだ。さらに貝田がいる場合は、仲間の後ろに隠れるので、この対処法を仲間内で「玲奈シフト」と呼んでいる。

「今日の作戦ですが、私も参加させてください。私が卒院生として、倉持《くらもち》先生に会っている隙に盗み出すのです。もし、見つかっても私の付き添いだと言えばいい」

玲奈が意外というより、大胆な提案をした。彼女は自分が囮《おとり》になるので、その隙に盗めということらしい。

「アイデアはいいが、君は外出出来るのかな?」

岡村が首を捻った。玲奈は閉所恐怖症だけでなく、パニック症である。騒音や他人を見ることで呼吸困難に陥る可能性があるのだ。

「社長が引率し、神谷さんが付き添ってくれれば、大丈夫だと思います。職員の注意を私が逸《そ》らし、その隙に外山が盗み出すのです。問題ありませんよね」

玲奈は外山を睨んで言った。彼女は沙羅のためならなんでもすると言っていたが、それを実行するつもりらしい。普通に生活していても沙羅は戻ってこないとこの二日間で痛感したようだ。

「もっ、もちろん、問題ない」

岡村は玲奈の凄みにびくりと体を震わせた。

5・五月十一日PM7：20

午後七時二十分。青梅市。

神谷はジープ・ラングラーのハンドルを握り、奥多摩《おくたま》街道を走っていた。

助手席に座る玲奈の希望で、ヘビメタの曲が大音量で流されている。ブルートゥースで彼女のスマートフォンが車のオーディオシステムに接続されていた。

中央《ちゅうおう》自動車道を運転している間はまだよかったが、高速を下りて夜道を走るにはヘビメタは刺激的過ぎる。だが、助手席に座っている玲奈が曲に合わせて体を揺らしている姿を見れば、うるさいとは言えない。

後部座席には岡村と外山が座っているが、ぐったりとしている。大音量でヘビメタを聞かされれば、誰でもそうなるだろう。

玲奈はよほどのことがない限り、外出しない。だが、今回沙羅を覚醒させるために、彼女は自ら動いた。ともすれば、パニックになりそうな自分を抑えるためにヘビメタを聴いているのだろう。

「一、二、三、四、五、六、七、一、二、……」

玲奈は数分前から、なぜか一から七まで数えて、それを繰り返している。極度に高まったストレスを抑えるために無意識にしているのだろう。ヘビメタも聴いているようで、聞こえていないのかもしれない。

「あと数分で着くが、大丈夫か？」

神谷はオーディオの音量を少し下げ、玲奈の耳元で尋ねた。

「えっ！　ええ」

玲奈ははっとした表情を見せた。

「この先にあるコンビニに行こうと思っている。君はどうする？」

神谷はカーナビを見ながら言った。会社を出て一時間走っている。神谷は平気だが、玲奈の精神状態を考えれば、休憩《きゅうけい》するかは別として一度車を停めた方がいいだろう。

「コンビニ？　どうして？」

「安倍野学園に直接行く前に、休憩した方がいいと思ってね」

神谷はバックミラーを見て苦笑した。後部座席の二人が、「休憩」という言葉に反応して頷いているのだ。

「そっ、そうね。コーラが飲みたい」

玲奈はぎこちない笑みを浮かべたが、目が泳いでいる。ひょっとして質問の意味が分かっていないのかもしれない。

神谷は数百メートル先のコンビニの駐車場に車を入れた。

「助かったよ」

岡村が一番早く車を降りてコンビニに駆け込んだ。トイレに行きたかったらしい。

「お疲れ様です」

外山も急いで降りた。コンビニに寄って正解だったようだ。

「コーラを買ってこようか？」

神谷は玲奈を見て尋ねた。

「コンビニか。私も入ってみたい」

玲奈はフロントガラスに顔をつけるようにコンビニを覗き込んで言った。先に入った岡村ら以外に客はいないようだ。以前深夜に会社の近くにあるコンビニに彼女と行ったことがある。だが、若い男が大勢いたので店には入らずに引き返してきた。

「一緒に行こう」

神谷は車を降りると、助手席のドアを開けた。

「ありがとう」

玲奈は神谷の手を取って座席から降りた。

「コーラもいいけど、コーヒーやスイーツも食べたらどうかな。八時までに行くと先方には伝えてあるから、時間は気にしなくてもいい」

神谷はコンビニのドアを開けて、玲奈と店に入った。彼女はストレスのせいか夕食をほとんど食べていない。何か腹に入れれば落ち着くのではないかと思う。

「お菓子も一杯ある。すごい」

玲奈が手を叩いて喜んでいるので、神谷は買い物カゴを渡した。

「えっ！」

神谷は思わず声を上げた。玲奈が陳列棚からお菓子を摑んでは投げ込み、あっという間に買い物カゴを一杯にしたからだ。

「レジ袋じゃ駄目。段ボール箱の方が良さそうね」

玲奈は自分で空の買い物カゴを取って、次々とお菓子を入れ始めた。

「今食べる分以外は、会社の近くで買えばいいんじゃないか？」

神谷は頭を掻きながら言った。

「手ぶらで行くつもり？　安倍野学園には、小学生から高校生まで、百人以上の子供がいるのよ。この店の商品を全部買い取ってもいいくらいなの」

玲奈は、早くも三つ目の買い物カゴにお菓子を詰め込んでいる。

「なるほど、そうだな」

神谷はカウンターで唖然としている店員に、段ボール箱の空箱を譲ってもらえるように頼んだ。

「なっ！」

トイレから出てきた岡村が両手を上げた。外山は入れ替わってトイレに入ったらしい。

「施設に入っている子どもがどれだけお菓子を食べたがっているか、大人には分からないのね」

玲奈はちらりと岡村を見ると、棚の菓子を手に取った。

「差し入れか。気付かなかった。出かける前に用意すればよかったな。分かった。全生徒に行き渡るように一杯買おう」

岡村は自分も買い物カゴを取ると、お菓子を棚から抜き取った。

店員が空の段ボール箱をバックヤードから持ってきたが、買い物カゴのお菓子を見て慌てて引き返した。一つでは足りないと、分かったのだろう。

十分後、ラングラーの荷台に菓子を詰め込んだ六つの段ボール箱を積んで出発した。

玲奈は、コーラを飲んでいる。彼女はコーラを飲むと落ち着くらしい。

青梅線の踏切を渡り、旧青梅街道も横切って庭付きの家が多い閑静《かんせい》な住宅街を走っている。数分後に森に囲まれた安倍野学園の正門前で停まった。更生《こうせい》施設のため、正門の脇にゲートボックスがある。夜間の出入りには警備員のチェックが必要なのだ。

「こんばんは。篠崎沙羅で、申請した神谷です」

神谷が警備員に自分の免許証を見せると、別の警備員がハンドライトで助手席と後部座席を照らした。〝安倍野学園〟では沙羅が解離性同一性障害であることを認識していなかった。玲奈の存在を知らないのだ。そのため、彼女は沙羅の洋服を着ていた。

彼女に扮装《ふんそう》するのは、洋服を借りて言動だけ注意すれば簡単ではある。だが、玲奈が車で外出するには日が暮れてからということもあり、こんな時間になったのだ。

「確認できました。お通りください」

警備員が神谷に免許証を返した。

「ありがとう」

神谷は、警備員から指示された建物の脇にある駐車場に車を停めた。

「行くわよ」

玲奈が意気込んで最初に車を降りた。コンビニの休憩がよかったらしい。

神谷と岡村と外山は、二箱ずつ段ボール箱を抱えて玲奈に続く。嵩張《かさば》るだけで段ボール箱は重くないのだ。四人は、正面玄関横の通用口から建物に入った。

通用口のすぐ左に守衛室の窓口がある。特別な施設だけに警備は厳しいが、事前に外山が調査している。彼は卒院生の資料がどこに保管されているか見当をつけており、そこに潜入するのだ。

「学園長に面会ですね。こちらの書類に入室される方全員の名前を記入してください」

窓口から警備員が「面会者受付票」という書類を出してきた。

「分かりました」

神谷は書類を受け取ってサインした。玲奈と岡村がサインすると、神谷は警備員に戻した。外山は荷物を玄関に置いてすでに建物内に潜入している。この施設の警備員の制服を持参しているので、どこかで着替えているはずだ。

「こんばんは、篠崎さん。よくいらっしゃいました」

廊下の奥からスーツ姿の男が小走りにやってきた。学園長の倉持である。学園への寄付金を直接倉持に渡すための訪問だと、連絡してある。そのため、夜間の面会も快《こころよ》く受け入れられたのだ。

「倉持先生、ご無沙汰《ぶさた》しております」

笑みを浮かべた玲奈は、丁寧に頭を下げた。

6・五月十一日PM8：05

午後八時五分。児童自立支援施設〝安倍野学園〟。

学園内に小学校と中学校、それに男子寮が六寮と女子寮が三寮あった。また、中学を卒業した十八歳までの高年齢児童に対応出来るように職業訓練所も兼《か》ねたフリースクールもある。入所児童は八歳から十八歳までで、百十二人を収容していた。

正門を五十メートルほど北に進むと正面玄関のロータリーになっており、玄関左の西側が職員棟、右側が中学校、さらに東の端が小学校になっている。また、寮は、敷地の北側に男子寮、校舎を挟んで南側に女子寮が配置されていた。周囲の森は学園の目隠しでもあるが、入所児童に心の癒《いや》しを与えるためでもある。

神谷らは職員棟の三階の学園長室に通された。四十平米ほどの広さがあり、天井まである書棚と立派な執務机、その前にはレザーのソファーと木製の大型テーブルが置かれている。

「どうぞ、ソファーにお掛けください。今、お茶をお出しします」

倉持は神谷らにソファーを勧めた。

「お構いなく。本を見ていいですか？」

玲奈はぎこちない笑みを浮かべ、書棚の前に立った。倉持と視線を合わせないようにソファーを避けたのだ。彼女にとって長距離の移動でストレスはマックスになっているはずだ。他人との接触は耐えられないのだろう。

「フランスの原書もあります。素晴らしい蔵書ですね」

神谷はさりげなく玲奈の脇に立ち、倉持から直接見えないようにした。倉持に対応するのは、岡村に一任してある。

「お分かりになりますか。その本は、フランスの教育制度の解説書です。教育と歴史関係の本ばかりですが、ご自由にご覧ください」

倉持は改めて岡村にソファーを勧め、執務机を背に腰を下ろした。

「お電話でお話をしました篠崎くんの後見人をしている岡村茂雄《しげお》と申します。新宿で911代理店という会社を経営しておりまして、篠崎くんは我が社のＩＴ開発部門の優秀なプログラマーです」

岡村は倉持の正面に座り、名刺を渡した。

「彼女が〝新緑寮〟を卒院後、どうされているか知りませんでした。プログラマーですか。彼女は努力家でしたので、さぞかし優秀なんでしょうね」

倉持は玲奈を見ながら笑顔で言った。

「篠崎くんが開発したゲームアプリは会社に利益をもたらしてくれました。そして、彼女の方から、お世話になったこちらの施設にぜひとも寄付をしたいという申し出があり、こうして伺った次第です」

岡村はジャケットの内ポケットから金が入った封筒を出し、テーブルの上に載せた。

「ありがたいお話です。それでは、寄付金の書類に署名をお願いできますか？　後ほど、経理から領収書を送ります」

倉持は立ち上がると、本棚と反対の壁際に置かれているスチール製の収納棚から書類を出した。

「条件を付けるわけではないのですが、寄付金を差し上げるに当たって二、三質問をさせてもらえませんか？」

岡村は老眼鏡をかけると、書類を手に取って尋ねた。封筒には二十万円入っている。同じ金額の封筒を五つ用意してきた。倉持の様子を窺《うかが》いながら、渡す封筒の数を追加するつもりだ。

「許される範囲なら、何でもお答えしますよ」

倉持は強張った笑顔で答えた。かなり警戒しているようだ。

「篠崎くんの母親の情報が欲しいのです。彼女が入所することになった時の書類がこちらにはありますよね」

岡村は単刀直入に言った。

「すみません。確かに入所した児童の書類は大切に保存されています。しかし、規則ですので、たとえ億単位の寄付金を頂いてもお答えできないんですよ」

倉持は渋い表情で首を横に振った。倉持は一瞬収納棚の方に視線を向けた。さきほど書類を出した棚の横にスチールロッカーがあるのだ。

「篠崎くんは、母親から恐喝《きょうかつ》されています。居場所を調べて警察に通報したいと思っています。それでも駄目でしょうか？」

岡村は振り返って玲奈を見ると、声を潜めて尋ねた。

「そういうことなら、最初から警察にご相談することをお勧めします。警察の捜査がこちらにも入れば、喜んで協力しますよ」

倉持は背筋を伸ばして答えた。付け入る隙はなさそうだ。挨拶程度の手紙が届いたぐらいで警察は動かない。だからと言って現状を説明したところで、倉持は情報を出すことはないだろう。

「そうですね。警察に相談した方がいいでしょうね」

岡村は溜息を吐いた後、咳払いをし、書類に金額を二十万円と書き込んだ。

「倉持先生。確か資料室に生徒の作品が残されていたはずですよね。見ることはできませんか？」

玲奈が倉持に尋ねた。岡村の咳払いは交渉決裂の合図である。

「ええ、もちろんいいですよ。篠崎さんのクレヨンで描いた絵も残っているはずです」

倉持は領収書を作成しながら答えた。

「倉持先生、案内してもらえますか？」

玲奈が早くもドア口に立った。

「分かりました。少々お待ちください」

倉持は岡村がサインした書類を受け取ると、封筒の金額を確かめて領収書を岡村に渡した。金を書類と一緒にファイルに入れているので、金庫にでもしまうのだろう。

「廊下で待っています」

神谷と玲奈と岡村は、先に部屋を出た。

「こちら神谷、データは学園長室らしい」

神谷は耳元のイヤホンを軽くタッチし、外山に無線連絡をした。イヤホンはマイク付きで無線機とブルートゥースで繋がっている。

「お待たせしました」

学園長室から出てきた倉持がドアの施錠をし、玲奈を見て笑った。

頰を引き攣《つ》らせた玲奈は、冷淡な笑みを浮かべた。この顔には覚えがある。一年ほど前のことだが、貝田に腹を立てた彼女は、次の瞬間、右パンチを貝田の顎に見舞っていた。

「まずい」

神谷は玲奈と倉持の間に立った。同時に岡村も動く。

次の瞬間、玲奈のパンチが岡村の顎を捉える。乾いた音がしたが、クリーンヒットなので大きな音ではない。

白目を剝《む》いて気を失った岡村を神谷は抱きとめた。

「どっ、どうされました！」

倉持が慌てて岡村の前に立った。神谷が目隠しになったため、玲奈が殴ったことに気付いていないのだ。

「岡村は、老人性貧血症なんですよ。たまに倒れてしまうのです。どこかで休ませてもらえますか？」

神谷は岡村を抱きかかえたまま苦笑した。

「それなら、私の部屋に運んで」

「いいえ、医務室で横になった方がいいでしょう。体温も測りたいので」

神谷は倉持の言葉を遮《さえぎ》り、岡村を肩に担いだ。外山が学園長室を調べる関係上、一刻も早くここを立ち去りたい。

「それじゃ、一階の医務室にご案内します」

倉持は首を傾げたもののエレベーターホールに向かって歩き出した。

廃村

1・五月十二日AM9：20

五月十二日、午前九時二十分。

神谷《かみや》が運転するジープ・ラングラーは、関越《かんえつ》自動車道を走っていた。

助手席の貝田《かいだ》は、イビキをかいて眠っている。

貝田はパトリック・宮園《みやぞの》が送ってきた設計図にもとづき、催眠導入機を昨日の夜遅くに完成させていた。ニューヨークとの時差の関係もあるが、肝心《かんじん》の宮園のスケジュールが空かないため、今日は玲奈の診察はできないようだ。もっとも普通なら予約に一ヶ月かかるらしいが、二、三日中になんとかしてくれるらしい。

昨夜の〝安倍野学園〟の作戦は、強度のストレスで倉持を殴ろうとした玲奈のパンチが、岡村を気絶させるというハプニングはあったが概《おおむ》ね成功したといえる。岡村を医務室に連れて行くことで、警備員に扮装した外山の学園長室への潜入が可能になったのだ。外山は学園長室のロッカーの鍵を開け、篠崎沙羅の資料を発見した。

外山は沙羅の資料をスマートフォンで、撮影してきた。資料は彼女が一年、正確には十一ヶ月という短期間だったせいかA４の書類が二枚だけだった。

一枚は沙羅の入所と出所記録、家庭裁判所の指導要項、それに家族の情報であるが、親族は母親である加賀真江《かがさなえ》の名前と連絡先だけで父親の記載はなかった。二枚目は沙羅の規則違反の記録がびっしりと書き込まれていた。というか、玲奈の異常な行動が記されていたのだ。施設では二面性のある性格とは理解しても、沙羅が短気で怒りやすい性格と判断していたらしい。

母親と苗字《みょうじ》が違うのは、沙羅は父方の姓を名乗っているためと思われるが、書類に記載はなかった。玲奈に確認できればいいのだが、今の精神状態を考えてまだ教えていない。

朝一番で母親の連絡先に電話をかけてみたが、現在は使われていないというアナウンスが流れた。そのため、仕方なく記載されている住所に直接行くことにしたのだ。

花園《はなぞの》インター出口から彩甲斐《さいかい》街道／西関東連絡道路に出た。

「はっ。高速を下りました？」

貝田は突然目を覚まし、辺りをきょろきょろと見ている。

「さっき下りた。どうした？」

神谷は車の速度を落として答えた。

「朝ごはんを食べましょう。この辺りはレストランが多いんですよ」

貝田はよだれをジャケットの袖《そで》で拭いながら言った。

「そう言えば、朝の会議も遅れてきたよな。朝飯食っていないのか？」

舌打ちをしながらも、道路脇のレストランの看板に目をやった。すでに回転寿司やうどん屋やラーメン屋など何軒かレストランを過ぎている。

「トンカツ！　……開店前か、残念！」

貝田が看板を見つけて一人で騒いでいる。

「朝からトンカツを食べるつもりか。呆れたやつだな」

神谷は首を横に振った。

「私は例の機材を作るのに朝の三時まで掛かったんですよ。栄養をつけないと、体が持ちませんよ」

貝田は肩を竦めた。午前三時を朝とは言わないが、夜明け近くまで頑張ったとアピールしたいのだろう。

「そんなに疲れているのなら、どうして俺に付き合ったんだ？」

神谷は首を傾げた。朝の打ち合わせで神谷は岡村から母親の住所を確認するように言われたのだが、貝田は自分も行きたいと言い出したのだ。

「このまま沙羅ちゃんが目覚めないと困るんです。玲奈さんが朝から起きていると想像するだけで、部屋の外にも出られないんですよ」

貝田は頭を両手で抱えた。

「それだけか？」

神谷は貝田を睨みつけた。

「行き先は、秩父《ちちぶ》でしょう。自然が一杯じゃないですか。いい気分転換になります。それに蕎麦《そば》の美味《うま》い店が沢山《たくさん》あるんですよ。昼飯は蕎麦屋にしましょう」

貝田は楽しそうに答えた。昼は蕎麦に決めているので、朝は脂っこいものを食べようとしていたのだろう。

「今、ガストを通り越したぞ」

神谷はガストの看板が見えていたが、貝田が話に夢中で気付いていないのでわざと黙っていたのだ。

「ええ！　Uターンしてください」

貝田は振り返って騒いだ。

「うるさい。この先にもレストランはある。それにUターンできないだろう」

陸橋の緩い上り坂になっており、中央分離帯が途切れないのだ。もっとも、それを分かった上で言ったのだが。

「そんな。死んじゃう」

貝田は足をばたつかせた。今年確か三十四歳になるはずだが、まるで子供だ。

「もうすぐバイパスに入るぞ」

神谷はカーナビを見て笑った。皆野《みなの》寄居《よりい》バイパスを下りれば、山道に入るのだ。

「ちょっと、待って！　あっ、コンビニを見つけた。あそこに停めて！」

貝田が悲鳴を上げた。

「分かったよ。静かにしろ」

神谷は左折し、コンビニの駐車場に車を停めた。

「やった！　食いまくるぞ」

貝田は助手席から飛び出して行った。

「やれやれ」

神谷は車を降りると、コンビニのレジでコーヒーを注文し、カウンターで紙コップを受け取った。たまに店員が入れてくれる店があるが、コーヒーメーカーから自分でコーヒーを入れるタイプである。コンビニによるが、コーヒーメーカーから自分でコーヒーを入れるタイプである。

貝田がレジカウンターの前に立っていた。二つの弁当とサンドイッチを手にしている。

身長一七四センチ、百五キロと聞いているが、ぽっちゃり体型は運動不足だけでなく、食事も問題だろう。

「グッジョブ！」

貝田と視線が合うと、妙な英語を口走って親指を立ててみせた。

神谷は無視してコーヒーが満たされた紙コップをコーヒーメーカーから取り出した。

ズボンのポケットのスマートフォンが呼び出し音を鳴らす。

「はい。神谷です」

神谷はコンビニの外で電話に出た。

――尾形《おがた》です。もう、着いちゃいました？

「高速は降りましたが、途中のコンビニです」

——実は、玲奈さんは昨日の件でお疲れらしく、お休みされているようです。

尾形は遠慮がちに言った。

「知ってます」

昨夜、会社に戻ってきたのは午後十時四十分だったが玲奈は疲れてすぐ眠ったらしい。

午前七時半ごろに彼女に電話をかけたが、呂律《ろれつ》が回らないほど疲れている様子だった。

——そのため、昨日手に入れた資料を私が調べていました。

玲奈の代わりに仕方なく調べていると言いたいようだ。

「そうですか。で？」

神谷はラングラーのボディにもたれ掛かり、コーヒーを啜《すす》った。

——まことに言い難《にく》いのですが、目的地の住所を検索したところ、該当先に村や町はありませんでした。

「どういうことですか？」

神谷はコーヒーを溢《こぼ》しそうになった。

——多分、廃村になったのだと思いますが、私ではこれ以上調べることはできません。

実際に現地に行って調べてみてください。

「分かりました」

「ちょっと、待っていてくださいね。すぐ食べますから」

コンビニから出てきた貝田は助手席に乗り込むと、さっそく弁当を食べ始めた。

――なんだか、騒がしいですが、貝田くんですか？

「当たりです。それじゃ、現地に行ってきます」

神谷は通話を切って、息を吐いた。

2・五月十二日AM10：30

午前十時三十分。

神谷の運転するラングラーは皆野寄居バイパスを抜け、彩甲斐街道を南に向かって走っていた。

助手席の貝田は気持ちよさそうに眠っている。遅めの朝飯を腹一杯食べて満足したので睡魔に襲われたのだろう。神谷に同行したのは助手席で眠りたかったのもあるに違いない。

神谷は市の中心部にある秩父市役所の駐車場に車を停めた。貝田は放っておいて市役所の吹き抜けのエントランスを通り、木製の窓口カウンターがずらりと並んでいるエリアに入った。新庁舎は二〇一七年に完成したらしいが、いまだに新築の匂いがするような清潔感が保たれている。神谷は市民課の窓口に並んだ。

「次の方」

窓口の女性職員に呼ばれた。

「私は司法書士の神谷と申します。依頼人の篠崎《しのざき》沙羅は孤児で、彼女の親を探しております。家庭裁判所の記録で秩父市浦山《うらやま》に住んでいたことまでは分かっているのですが、現住所に連絡ができませんでした。そこで、住民基本台帳の閲覧《えつらん》をさせて欲しいのですが」

神谷は住民基本台帳閲覧請求書を窓口に司法書士の身分証と一緒に出した。岡村《おかむら》には秘密にしているが、玲奈に頼んで東京司法書士会の認印付きの会員証を作ってもらったのだ。昨年、ある仕事の依頼を受けて背に腹は替えられずに作った物で、ばれたら「有印私文書偽造・同行使」に問われる犯罪である。犯罪にならないようにするため、資格を取るべく猛勉強中だが、今は仕方がなく使うのだ。

「住民基本台帳ですか……」

窓口の女性が首を捻っている。住民基本台帳から加賀真江の現住所が分かれば、現場に行く必要はないのだ。

住民基本台帳閲覧の申請は本人、あるいは本人からの委任状が必要だ。第三者が申請できるのは、本人が死亡している場合か、司法書士や弁護士など法律で認められた資格を持つ者である。司法書士の身分証を見せたので、問題ないはずだ。

「……加賀真江さんのご生存は分かりませんか？」

女性は請求書の住所を見て疑問に思っているのだろう。女性は三十代後半、職員としてベテランの域に達している年齢である。法的知識も備えているので、神谷の申請が正しいのか疑問に思っているのかもしれない。

「……死亡していると思いますが、それを確認したいのです」

神谷が「死亡」と答えたのは、申請上のリスクを下げるためである。

「少々、お待ちください」

女性は申請書を手に、奥のデスクに座っている中年の男性の元に行った。課長か係長クラスなのだろう。男性は申請書を見て顰《しか》めっ面になり神谷をチラリと見た。何か問題があったということだ。男性は女性と話していたが、不意に席を立ってどこかに行ってしまった。雰囲気《ふんいき》はあまり良くなさそうである。

神谷は窓口に出している身分証を引っ込めてポケットにしまった。通報される可能性にそなえ、いつでも逃げ出せるようにするためだ
「時間が掛かりますので、お座りになってお待ちください。次の方」

戻ってきた窓口の女性は笑みを浮かべているが、淡々と言った。

「神谷さん、お待たせしました」

椅子に座って四十分ほど待っていると、先ほどの中年男性に声を掛けられた。首から下げている名札に市民課の係長の吉永《よしなが》と記されている。

「はい」

神谷は長い息を吐いて立ち上がった。待ちくたびれたのだ。ここまで待たされるのなら警察への通報は心配する必要はないだろう。

「ご説明したいことがありますので、別室にご案内します」

吉永は神谷を見て軽く頭を下げた。窓口では説明できないということか。

「よろしくお願いします」

神谷は頭を下げて立ち上がった。

吉永は受付カウンターの前を通り、同じフロアにある小部屋に入った。会議室のようで中央にテーブルがあり、椅子が並んでいる。テーブルには、二つの分厚い書類が置かれていた。かなり古い物で住民台帳と戸籍台帳と記されている。

「申請された加賀真江さんですが、パソコンで検索できるデータベースには登録されていませんでした」

吉永は神谷に椅子を勧めると、反対側の椅子を引いて腰を下ろした。

「何十年も秩父に住んでいないということですか？」

神谷は首を捻った。〝安倍野学園〟の資料には、秩父市浦山が加賀真江の現住所として記載されていた。沙羅が〝安倍野学園〟に入所したのは二〇〇六年で、十六年前のことである。おそらく家庭裁判所の書類から沙羅の連絡先等は書き写されたはずだ。裁判所がいい加減な住所を書き込んだとも思えない。

「正確には一九九七年からです。住所から割り出しましたが、そこは当時茗荷《みょうが》集落と呼ばれていた場所で、最後の住人が退去したのは一九九八年です。そのころ茗荷集落には二家族住んでおり、そのうちの一つが加賀家でした。住民台帳にも加賀真江さんの名前はありました」

吉永は少々黴《かび》臭い台帳を広げて見せた。三十年近く経った書類らしい。

「廃村になったのは、やはりダム建設のせいでしょうか？」

神谷は持参したメモ帳に書き写しながら尋ねた。

「そうですね。浦山の村の中心部はダム工事で移転され、周辺の集落は細々と林業や農業を営《いとな》んでいましたが、経済的に大打撃を受けて引越しせざるを得なかったのでしょう。ただ、加賀家は、一九九七年に真江さんのご両親がともに亡くなっています」

吉永は低い声で答えた。

「それでは、真江は孤児になったのですか？」

神谷は首を傾げた。

「それが、法務局に問い合わせましたが、土地台帳の所有者は真江さんの父である加賀雄《ゆう》太郎《たろう》さんのままです。現在の所有者は法的には真江さんというわけです。また、真江さんの転出届が提出されていないので、住民基本台帳や住民票の現住所は浦山のままとなっているようです」

吉永は戸籍台帳の付箋《ふせん》が貼られたページを開いて見せた。

「ちょっと待ってください。茗荷村が廃村になっている以上、真江は一九九七年、今から二十五年前に現実には転居しているんですね。それに、土地の所有者は両親が亡くなったので真江になるとおっしゃいましたね」

両親が亡くなれば土地の所有権が子供に継がれるのは当然だが、本人不在のまま土地の所有権が維持されるとは思えない。　相続税や固定資産税を滞納すれば、　土地は差し押さえられるからだ。

「税金のことをおっしゃっているんですね。実は税務署にも問い合わせたんです」
吉永は僅《わず》かに口元を緩めた。まるで謎解きを楽しんでいるようだ。

「本当ですか」
神谷は目を丸くした。四十分も待たされて文句を言いたかったが、たった四十分で様々な部署から情報を得た手腕は驚くべきことだ。

「相続税だけでなく、毎年の固定資産税もちゃんと支払われています。もっとも、山林の狭い土地ですので、それほど高い納税額ではありません。ご両親が亡くなって一ヶ月後に、税務署に書類の転送先がきたためにこの二十五年間、税金の納付書をそちらに送っているそうです」
吉永は淡々と説明した。

「納付書の送り先を教えてもらえませんか？」
神谷は上目遣いで見た。

「すみません。私にも税務署に聞く権利はありません。裁判所に訴えて開示請求をしてもらうほかないと思います。他にいい方法があれば別ですが」
吉永は肩を竦めた。

「そうですね。弁護士に相談してみます。もう一つお願いがあります」

駄目元で聞いたが、まじめな職員に例外はないようだ。

「お力になれることなら」

吉永は小さく頷いた。

「住所の場所を見たいのですが、どなたか詳しい方を紹介してもらえませんか？」

神谷は精一杯の笑顔で頼んだ。

3・五月十二日PM1：20

午後一時二十分。

神谷は秩父さくら湖畔《こはん》に沿っている秩父上名栗《かみなぐり》線を走っていた。

さくら湖は浦山ダムの湖の名前で、春には湖畔に桜が咲き乱れる観光スポットになっている。加賀真江の実家である茗荷集落に向かっているのだ。

「うわー。すごい。ワクワクしますね」

白いヘルメットを被った助手席の貝田が、デジタル一眼レフカメラを首に掛け、スマートフォンを握りしめてなぜか興奮している。

貝田は〝鍵のご相談課〟として仕事を引き受けた際に持参するコンテナを車に積んできた。作業着やヘルメット、ドアや金庫の鍵を開けるための道具だけでなく、貝田の趣味であるドローンなどの機材が入っているのだ。

秩父市役所を出た神谷は車内で眠っていた貝田を叩き起こし、午後の行動に備えて早めの食事を摂《と》っている。貝田は事前に調べていた西武秩父駅に近い蕎麦屋に神谷を案内した。眠っている間に朝飯の弁当を消化したらしく、二人前食べた。

食後に茗荷集落に行くと告げた途端、荷台のコンテナからヘルメットなどの道具を出したのだ。車が走り出してからここまで、スマートフォンで何か調べていたのだが、突然声を上げ始めたというわけだ。

「何が、うわーだ」

神谷は首を振った。

「茗荷集落というのは、住所表記にはありませんでしたよね。住所を聞いて気付くべきでした。それは近隣の村人が近くに住んでいる村人の場所を示すために便宜《べんぎ》的に付けた名称で、正式な住所ではないからです。だから、さすがの僕も気付かなかったのです」

貝田は早口で説明したが、興奮している理由はさっぱり分からない。

「なるほど、『さすがの僕』はどうしてそんなに詳しいんだ？」

神谷は質問をした。ここで質問をすれば、いつもの貝田なら乗ってくるのだ。

「茗荷集落は、どうでもいいんですけどね。近くにある岳《たけ》集落や山掴《やまつかみ》集落が、僕のような二十年以上キャリアのあるゲーマーにとっては聖地なんですよ。二〇〇三年に発売されたPS2の〝SIREN〟も知らないんですか？」

貝田は口から泡を飛ばした。PS2は、ゲーム機のプレイステーション2のことだ。この手の話になると、貝田はいつも上から目線になる。

尾形に聞いた話だが、貝田は妄想《もうそう》や空想でストレスから解放され、幸福感を味わう性格らしい。専門的に言えば、〝マインドフルネス〟というらしいが、心が安定するようだ。妄想を抱き仕事に集中できない、あるいは逃避するケースもあるが、貝田の場合は妄想することでスキルアップできるタイプらしい。

「〝SIREN〟？　聞いたことがあるぞ。確か日本を舞台にしたホラーゲームだったな。大学の友人が夢中になっていたよ」

神谷は湖畔の鉄塔を目印にハンドルを左に切り、曲がりくねった坂道を上って旧浦山小学校跡の駐車場に停めた。駐車は許可がいるが市役所職員の吉永が許可を取り付けてくれた。ここで茗荷集落への案内をしてくれる服部孝蔵《はっとりこうぞう》という人物と待ち合わせをしている。吉永の知人だそうだ。

服部は元県職員の林業支援技師で、現在も嘱託《しょくたく》職員として働いているそうだ。彼の管轄《かんかつ》は浦山ダム湖周辺の山で、この地域を熟知しているらしい。

「岳集落や山掴集落は、〝SIREN〟の舞台のモデルになったんです。敵を殺しても、殺しても、時間が経つと蘇《よみがえ》ってしまうんですよ。ゾンビよりも怖いでしょう」

貝田は懐中電灯で銃を構える仕草をした。

「そりゃあ、ワクワクするな」

神谷は適当に答え、ミネラルウォーターのペットボトルなどを入れた小型のバックパックを背に車を降りた。待ち合わせは午後一時半と言われている。

近くに停めてあった軽トラから初老の作業服姿の男が現れた。顔に刻まれた皺から判断すると、七十歳前後だろうか。つば付きの帽子を被り、首にタオルを巻き、長靴を履いている。午後なら時間が取れると言われていたが、仕事中だったのかもしれない。

「服部さんですか?」

神谷は男に頭を下げた。

「はい、そうです。司法書士の神谷さんですね」

服部は被っていたつば付きの帽子を取って頭を下げ、気になるのか貝田を横目で見た。貝田はつなぎの作業服を着てライトを取り付けたヘルメットを被っている。首にはカメラをぶら下げ、腰のベルトにハンドライトを差しているのだ。まるで探検家である。

「お世話になります。神谷隼人《はやと》です。彼は同僚の貝田雅信《まさのぶ》です。よろしくお願いします」

神谷は丁寧に頭を下げた。

「それでは、さっそく行きましょうか」

服部はショルダーバッグを担ぐと、駐車場を出て坂道に向かう。しっかりとした足取りでどちらかといえば早足である。

「この辺りは日向《ひなた》集落で、まだ人は住んでいますが、それでも空き家が多いんですよ。過《か》疎《そ》化が進んでいます。鉄塔の近くの湖畔にコンクリートの立派な建物があったでしょう。今は廃墟《はいきょ》ですがダムが完成する七年前に建てられた浦山公民館です。ダム建設の予算で潤《うるお》った村が贅沢な建物を建てて、過疎を防ごうとしたんでしょうかね」

服部は皮肉っぽく笑った。

浦山ダムが竣工《しゅんこう》したのは、一九九八年のため、公民館が完成したのは、一九九一年ということになる。ダム建設は一九七二年から始まっているので、竣工してから七年間は工事中のダムを見下ろしていたらしい。服部の言いたいこともなんとなく分かる。

舗装道路からいきなり未舗装の狭い道に入った。数十メートル進むと急な傾斜の林道になる。

「左手にあるのが、練馬《ねりま》区の青少年キャンプ場です」

服部は左手で森に囲まれたキャンプ場を指差した。洒落たバンガローが何棟か見える。

服部は、話しながら歩いても平気らしい。後ろを振り返ると、貝田が額から大量の汗を流しながら付いてくる。息も絶え絶えという感じだ。

キャンプ場を過ぎると、森の中の手入れもされていない山道になり、屋根が崩れ落ちた廃屋が現れた。

「ここは岳集落ですね」

貝田が廃屋を見た途端、声を上げて神谷の前に立った。ここに来るまでに一言も口を利かなかったくせに、首に下げていたデジタル一眼レフカメラで撮影をはじめたのだ。

「ここで喜んでいたら大変なことになるよ。山に入れば、廃村はいくらでもある。日が暮れる前に帰りたいのなら、急ぎましょう」

服部は苦笑して山道を上って行く。

「貝田、置いて行くぞ」

神谷は貝田の襟《えり》を摑んで引っ張った。

「分かりましたよ」

貝田は名残惜しそうにシャッターを切ると、付いてきた。

複数の地蔵が祀《まつ》られている十二社神社を通り過ぎた。神社は掃《は》き清められ、供物《そなえもの》こそないが地蔵も綺麗な前掛けがされている。近隣の村人が手入れしているようだ。

集落の外れの山道が二股《ふたまた》に分かれており、服部は左の急な小道に進む。幅は五十センチほど、獣道《けものみち》のような道が暗い森の奥へと続いている。

道標《みちしるべ》のような地蔵がある峠《とうげ》を越えて下り坂になった。曇り空のせいもあるが、深い森の中では太陽の位置も分からない。

林を抜けると、二階建ての廃屋が現れた。屋根や壁は崩れ落ちている。

「ここが茗荷集落です」

服部は首に巻いたタオルで額の汗を拭き、岩の上に腰を下ろした。車を停めた駐車場から二キロ以上険しい山道を休みなく歩いている。神谷も汗を搔いたが、疲れるというほどでもない。振り返ると、貝田が木の枝を杖に歩いてくる。

「廃屋が沢山あるようですが？」

神谷は周囲を見回した。目視できるだけで五軒の廃屋があるのだ。茗荷集落は、吉永から二軒だけと聞いている。

「一九七〇年代は六軒の家があったそうです。ダム建設が始まってすぐに四家族が山を下りたと聞いています。加賀家は、一番奥の平屋です」

服部は立ち上がると、枯《か》れ葉に埋もれた道を歩いた。

「貝田。この集落の写真を撮ってくれ」

神谷は腰に手をやり、荒い息をしている貝田に命じた。年配の服部よりも体力がないのでは話にならない。

「分かりました。まったく、人使いが荒いなあ」

貝田は文句を言いながらも撮影を始めた。ゲームのモデルになっていない集落なので興味がないのだろう。廃屋そのものに興味があるわけではないらしい。

「ここが加賀家ですよ」

服部は険しい表情で、森に飲み込まれそうになっている廃屋の前で立ち止まった。これまで見た廃屋と違って玄関はちゃんと閉じられており、窓も閉まっている。雨風に晒《さら》されて経年劣化《れっか》はしているが、意外にしっかりとしていた。

「この家で何が起こったのかご存じですか？」

神谷は服部の表情を見て尋ねた。

「一九九七年ですね。よく覚えています。私は林業支援技師として秩父市に派遣されていました。生まれが浦山ダムの北の久那《くな》ですのでこの辺りには知人もいました。加賀夫婦は無理心中を図ったと、地元の新聞にも載りました。人伝に聞いた話ですが、かなりの借金があったと聞いています」

服部は首を横に振った。

「娘の真江は、その時居合わせたのでしょうか?」

神谷は玄関の引き戸を開けながら尋ねた。鍵は腐食して壊れていたのだ。

「新聞には書いてありませんでしたが、そうらしいですね。神谷さん、勝手に家に入らないでくださいね。私は嘱託ですが、県の職員なので」

服部は咳払いをしてそれとなく注意した。

「もちろんですよ」

神谷は頭を掻いて笑った。

「家の中も撮影しますね」

貝田が神谷を押しのけ、家の引き戸を開けた。

「だから、中は駄目だって」

神谷は貝田の首を摑んで服部に笑顔を見せた。

4・五月十二日PM4:30

午後四時三十分。

神谷は再び浦山小学校跡の駐車場にラングラーを停めた。

一時間ほど前に、茗荷集落に案内してくれた服部とは、会社に戻ると言って別れている。

加賀家の屋内を見たかったのだが、服部に止められたので改めて来たのだ。

「また、山に登るんですか？」

助手席の貝田が、不貞腐《ふてくさ》れている。

「一人で充分だ。この駐車場に車を停めていると怪しまれるから、九十分後に迎えに来てくれ」

神谷はバックパックを担いで車を降りた。水だけでなく、カメラや雨具や軍手なども入れてある。山ではたとえ晴天でも雨具は必需品だが、空模様が怪しいのだ。

「了解です。それじゃ、〝うららぴあ〟で時間を潰しています」

貝田がやたらと明るい声で返事をした。「それじゃ」と貝田は言ったが、〝うららぴあ〟に最初から行きたかったに違いない。

「〝うららぴあ〟？」

神谷は聞き返して思わず舌打ちをした。無視すれば良かったのだ。

「〝うららぴあ〟を知らないんですか？　浦山ダムの資料館ですよ。浦山ダムは、戦隊モノや仮面ライダーのロケ地として有名で、資料館にヒーローのサインが展示してあるんです。ヒーロー研究家として、外せませんね」

貝田は満面の笑みを浮かべると、運転席に乗り込んだ。貝田のオタクとしての趣味は、いまさらながら多彩である。

「九十分後だぞ」

神谷は貝田が浮かれているので、念を押した。

「ラジャー」

貝田は敬礼して車を出した。また、何かになりきっているのだろう。

神谷はラングラーが坂道を下りて行くのを見送ると、山道を目指した。

練馬区のキャンプ場脇を通り、岳集落を抜けて一気に茗荷集落に辿り着いた。時刻は午後五時を過ぎたばかりだが、森に埋《う》もれている茗荷集落はすでに日が暮れたように暗くなっている。

神谷は加賀家の周りを歩いた。窓にはベニヤ板が打ちつけられている。トイレと風呂は建物の外にあった。念のために周囲を見回してから玄関の引き戸を開けた。中に入って玄関を閉めると、貝田から借りた少々大きめのハンドライトを点灯させた。

玄関は三畳ほどの土間になっており、右手は台所で型の古い冷蔵庫が置かれていた。加賀夫婦が無理心中したのは二十五年前なので、電化製品はそれ以上に古いのだろう。窓のベニヤ板で雨風が吹き込まないため内部はさほど荒れてはいないが、異常に黴臭いのは換気が悪いせいだろう。

神谷は居間と思しき畳敷きの部屋を照らした。

「むっ！」

眉を吊り上げた。六畳間の中央に黒い大きな染みがあるのだ。劣化したとはいえ、血の跡に違いない。加賀夫婦は無理心中を図ったと聞いているが、刃物を使ったようだ。よく見ると、黒い染みは至るところにあった。壁際には箪笥《たんす》はあるが、テーブルは見当たらない。盗まれたのでないのなら、警察の鑑識課が持ち去ったのだろう。

神谷はバックパックからデジタル一眼レフカメラを出すと、フラッシュの設定にして屋内の写真を撮った。六畳間の奥に襖《ふすま》があり、その横にドアがある。土足で六畳間に上がり、ドアを開けた。増築されたのか三畳ほどの板張りの部屋に勉強机があり、壁際に布団が折り畳まれている。真江の部屋なのだろう。

服部が友人から聞いた話では、真江は〝浦山小町〟と呼ばれるほどの美人で、秩父では有名だったらしい。中学校のころから嫁《よめ》にしたいと声が掛かるほどだったそうだ。

部屋の中を撮影すると六畳間に戻った。箪笥が置かれている反対側には押し入れがある。襖はなく、薄汚れた布団が幾重《いくえ》にも重なり、その上にみかん箱が載せられていた。三十年近く前とはいえ、貧乏《びんぼう》を絵に描いたような生活だったのだろう。

「うん？」

神谷は首を捻った。焦《こ》げ臭い臭《にお》いがするのだ。奥の襖を開けた。

「なに！」

神谷は声を上げた。四畳半ほどの部屋が、白い煙に満たされているのだ。振り返ると、玄関の引き戸の隙間からも煙が入り込んでいる。

土間に下りて玄関の引き戸に手を掛けたが、開かない。つっかい棒が支《か》ってあるに違いない。

「熱っ！」

ドアから炎が上がった。ガソリンの臭いがする。放火されたのだ。

神谷は土間の端まで下がると、カメラとハンドライトをバックパックに仕舞った。ゆっくりと息を吐き出すと、引き戸に体当たりをした。

引き戸を突き破り、草むらに転がった。

「むっ！」

人の気配を感じた神谷は、素早く立ち上がる。

風切り音。右脇腹に激痛を覚えた。

「くっ」

神谷は声を押し殺し、素早く下がると燃え盛る家を背にした。

バラクラバを被った三人の男が、立っている。身長はいずれも一八五センチほど、神谷と変わらない。首回りが太く、鍛え上げた体をしている。

左手の男が鉄パイプを握り、正面の男は素手だが、右手の男はナイフを構えていた。素手の男は、腕に自信があるのだろう。もっとも死角となる両脇の男が武器を持つのは、効果的な攻撃方法である。

右手の男がナイフを低い位置から突き上げた。神谷は右手でナイフを払い、踏み込んで右裏拳を男の顔面を叩き込む。

左手の男が鉄パイプを振り下ろす。神谷は体を入れ替えて男の手首を左手で握り、右手で鉄パイプの先端を摑むと捻りながら奪った。その勢いを殺さずに男の顔面を鉄パイプで殴打《おうだ》する。

「やるな」

正面の男が人差し指で神谷を指し、倒された二人の男の腹を蹴って立たせた。その間、正面の男に隙はなかった。

「何者だ？」

神谷は低い声で尋ねた。

「命を粗末にするなよ」

男は不敵に笑うと怪我をしている二人を先に逃がし、森の中に消えた。神谷とは別のルートから来たらしい。

「ふん」

神谷は脇腹を押さえ、鼻先で笑った。肋骨《ろっこつ》が折れたかもしれない。鉄パイプの打撃は強烈である。神谷が鉄パイプで反撃した男も鼻の骨を折っているはずだ。

雨が降ってきた。

振り返って放火された平屋を見ると、火の勢いはすでに落ちている。家自体が湿気ていたことが幸いしたようだ。雨も手伝って自然に鎮火するだろう。

「帰るか」

神谷は帰路を辿った。

ヒプノセラピー

1・五月十三日AM9：10

五月十三日、午前九時十分。911代理店。

神谷《かみや》は、換気のために三〇六号室の窓を開けた。

三〇六号室は長らく空き部屋になっていたため、部屋の空気が埃《ほこり》っぽく澱《よど》んでいる。昨日のうちにホテル時代のベッドを壁際にまで寄せて掃除は済ませてあるが、部屋の臭いまでは取れなかった。原因は長年使用しているカーペットのせいだろう。

「嫌な雨だ」

神谷は窓の外を見て溜息を吐いた。昨日から降っている雨は、止む気配はない。今年はゴールデンウィークが終わってから曇りがちの日が多く、長期予報では当分雨空が続くようだ。沙羅《さら》が失踪していることもあり、心も晴れそうにない。

昨日の秩父での調査で分かったことは、秩父市浦山の廃村が沙羅の母親である加賀真江《かがさなえ》の現住所ではなく、実家だったということだ。調査中に廃屋は放火され、脱出した神谷は襲撃された。その際、右脇腹を鉄パイプで殴られて負傷した。湿布を貼ってラップを巻いて固定してある。骨は折れていないようだが、今でもかなり痛む。

廃屋と一緒に神谷の殺害を図《はか》った犯人らは、真江に近付こうとする者を断固として拒絶しているようだ。

また、犯人が三人いたことからも相手は組織的に動いており、真江を匿《かくま》っているのか、あるいは探しているかのどちらかだろう。単純な母親探しでは、なくなったらしい。

「椅子はどこに置きますか？」

貝田《かいだ》と外山《とやま》がビニールシートに包まれた椅子を運んできた。玲奈《れいな》を治療するために米国の宮園《みやぞの》医師の指導で発注した電動リクライニングチェアで、昨夜届いて一階のエレベーターホールに置かれていた。

宮園は玲奈がリラックスできる環境で治療を行いたいため、彼女の自室での治療を希望していたが、玲奈はたとえモニター越しでも室内を他人に見られることを拒否した。そのため、玲奈の向かいの空き部屋を使うことになったのだ。

また、三〇六号室は近いだけでなく、三〇五号室と向きが違うだけで構造が似ているということもあった。

「ディスプレーから三メートル離して置いてください」

貝田らと一緒に入ってきた尾形《おがた》が、場所を指示した。

入口から見て右手の壁に40インチのディスプレーが掛けてあり、近くのパソコンデスクに載せられたノートPCと繋げてある。神谷はディスプレーとノートPCのセッティングを任されていた。脇腹を痛めているため、力仕事は貝田と外山に任せたのだ。

「そこで、オーケーです。貝田くん、機材をお願いします」

尾形はチェアーの向きを調整すると、貝田に声を掛けた。

「ラジャー！」

にやりとした貝田は軽く敬礼すると、部屋を飛び出した。

「貝田くんは、一体何に変身しているんですか？」

尾形は眉間に皺を寄せて外山に尋ねた。貝田が子供じみていると腹を立てているのだろう。それに妙に二枚目ぶっているのが、気持ち悪い。

「ガッチャマンのコンドルのジョーだそうです」

外山は眉を顰《ひそ》めた。

ガッチャマンとは、一九七二年から一九七四年まで放映されていた〝科学忍者隊ガッチャマン〟というテレビアニメである。五人の若者が変身して敵と戦うという戦隊もので、一九八二年生まれの神谷は実写版や劇場版で存在だけ知っている。神谷より若い貝田が詳しいというのは、驚き以外何ものでもない。

「コンドルのジョー？　厚かましい。彼は体型的にもみみずくの竜でしょう。私は再放送で全編見ていますので、うるさいですよ」

尾形が首を大袈裟に振った。

「私もです。どうします？　貝田くんがゾーンに入ったら、我々も変身させられますよ」

外山が妙な心配をしている。

「コンドルのジョーを取られてしまった以上、まさか、女性隊員の白鳥《しらとり》のジュンは除外ですし、子供の燕《つばくろ》の甚平《じんぺい》も駄目ですよね。主役のガッチャマンは、神谷さんに譲るとしたら、我々は戦隊以外のキャラクターに成り下がります。悩みますね」

尾形は腕を組んで、神谷を見た。

「ガッチャマンは身長も高いですしね。なんだか妬《や》けるな」

外山も神谷を恨《うら》めしそうに見つめている。二人ともいい年をしてどのアニメキャラにするのか、真剣に悩んでいるらしい。そもそも、毎回、貝田に付き合う必要もないはずだ。

「馬鹿馬鹿しい。私はどうでもいいですから」

神谷は肩を竦めて笑った。子供向けのアニメキャラは、願い下げである。

「お待たせしました」

貝田が、機材を詰め込んだ段ボール箱を抱えて戻ってきた。「参上」とか言うのかと思ったが、普通である。そこまで子供ではないようだ。

「催眠導入機は、ディスプレーの一メートル前、高さはとりあえず床から八十センチに設置してください」

尾形はメジャーを持ち出した。

「ラジャー。南部《なんぶ》博士」

貝田は尾形をガッチャマンに出てくるキャラの名で呼んだ。

「科学忍者隊の生みの親で、天才科学者の南部考三郎《こうざぶろう》博士ですか。お目が高い、貝田くん。知性が高い私にぴったりです。気に入りましたよ」

尾形はにやけた顔になった。一番年上の尾形が驚いたことに喜んでいる。

「私は何になるんだね」

外山が腕を組んで貝田に迫った。

「アンダーソン長官ですよ。決まっているじゃないですか」

貝田は顔色も変えずに答えた。

「国際科学技術庁の最高責任者であるアンダーソン長官か。いいね。風格から言ったら私にハマり役だ。それじゃ、神谷さんは？」

大きく頷いた外山が尋ねた。

「みみずくの竜ですよ」

貝田は機器を設置しながら面倒臭そうに言った。

「ふざけるな！　誰がみみずくの竜だ」

神谷は眉間に皺を寄せた。確か太めで力自慢のキャラである。

「仕方がない。主人公のガッチャマンでどうですか？」

貝田は溜息を吐いて言った。

「当たり前だろう」

答えた神谷は、思わず舌打ちをした。まんまと乗せられてしまったのだ。尾形と外山が、神谷を見て同時に口角を上げた。

――あんたたち、ちゃんとやっているの！

突然玲奈の声が部屋に響いた。

玲奈の治療中は、神谷以外の入室はできない。そのため、治療の状況が分かるように、社内ネットワークに接続された監視カメラとスピーカーを出入口近くの天井に設置したのだ。治療室の完成度を見るために玲奈が自室から見ていたようだ。

「ちゃんとやっています」

貝田が声を裏返した。

「れっ、玲奈さん。ご心配なく」

尾形が右手をカメラに向かって上げて言った。

――何がご心配なくだ。こっちは、真剣なんだぞ！

玲奈の声でスピーカーが震えた。

「おっ、お任せください」

貝田が直立不動の姿勢で敬礼してみせた。彼は自分では真剣のつもりらしいが、傍《はた》からはそうは見えない。玲奈にパンチを貰うはずだ。

――頼んだぞ。

玲奈の声が消えてから一分ほど沈黙が続いた。

貝田と外山と尾形の三人は、息を吐き出すと腰が抜けたように床に座り込んだ。

「まったく」

神谷は苦笑を漏らした。

2・五月十三日AM11：20

午前十一時二十分。

神谷は中野の天城峠の店先でベスパを停めた。

軒先でレインブレーカーを脱《ぬ》いで雨露《あまつゆ》を払うと、適当に畳んで暖簾《のれん》を潜《くぐ》った。

「いらっしゃい。ずぶ濡れじゃないですか」

拓蔵《たくぞう》が、板場から顔を出した。

「急いで来たんでね」

走行中、雨はレインブレーカーの隙間から容赦《ようしゃ》なく入る。ヘルメットがフルフェイスではなく、ハーフキャップなので顔はずぶ濡れなのだ。

「大変でしたね。雨具は預かりますよ」

顔見知りのパートの女性からタオルを貰い、濡れたレインブレーカーを渡した。この店は従業員も家族同然で、自宅に帰ってきたように迎えてくれる。

「ありがとう」

神谷はタオルで濡れた顔と髪を拭きながら、奥の座敷に上がった。

ランチタイムは座敷を閉めているが、片隅のテーブルに木龍《きりゅう》が座っている。彼は子供の頃から通っているので、客というより身内的な存在らしい。午前十一時半に木龍と約束をしていたのだ。

「待たせた。というか、早いな」

神谷は右手を軽く上げ、靴を脱いだ。

「お忙しいのにすみません」

木龍は頭を下げた。板梨《いたなし》の件で早めの昼飯を食べながら打ち合わせをしたいと、連絡を受けている。

「すまない。うちうちの事情で、時間がなかなか取れない」

神谷は木龍の前に座った。

「まだ、お嬢さんの具合が悪いんで?」

木龍は驚いた様子で、サングラスを外した。普通に見ているのだろうが、かなり威圧的である。

「知っているのか?」

神谷は口を開けた。

「一昨日、岡村《おかむら》社長からお嬢さんの具合が悪いことは聞いております。神谷さんは、そちらの調査もされるとも言われました。お身内のことなので、さぞご心配でしょう。とりあえず注文しますか」

木龍は手を叩いた。

「はーい。ご注文は？」

パートの女性が飛んでくると、神谷にランチメニューを見せた。ランチは、フライ定食、焼き魚定食、それに刺身定食の三種類である。

「オムライスにワカメサラダ。単品でメンチカツ」

神谷はメニューも見ないで注文した。オムライスは、もともと賄《まかな》い飯でメニューにはない。木龍が子供の頃、拓蔵が貧乏で食事もまともにできない木龍にただで食べさせていたという裏メニューなのだ。

木龍に薦《すす》められてからこの店ではよく注文する。流行《はや》りのふわふわ卵ではない。だが、チキンライスはしっかりと味がついており、薄焼き卵で巻いてある昔ながらのオムライスが、絶品なのだ。

「オムライスに大根サラダ。単品でアジフライ」

木龍は渋い声で言った。メンチカツは肉がしっかりと詰まっており、人気がある。だが、刺身にする肉厚のアジフライは、メンチカツと雌雄《しゆう》を付け難《がた》い美味さなのだ。

「どこまで聞いているのか知らないが、沙羅は母親から送られてきた手紙でショックを受け、意識を失った。以来、我々は失踪したと言っているが、彼女が覚醒しないんだ。昨日、母親の書類上の現住所を調べてきたけど、そこは彼女の実家だった。母親は十七歳の頃、両親が無理心中した後に失踪している」

神谷は簡単に説明した。

「失踪……。両親が死んでしまったら、その家にはいられませんや。どこか他の土地に逃げて、そこでひっそりとお嬢さんを産んだんでしょうね。篠崎《しのざき》という名前は、旦那の苗字ということになりますか」

木龍は小さく頷いた。この男の頭の回転は速い。以前岡村が、木龍は場数を踏んだ刑事よりも使えると言っていたが本当である。

「秩父の山中に家はあったんだが、三人組に襲撃され、そいつらが家に火をつけたんだ」

神谷は浮かない表情で言った。たまたま襲われたのか、神谷が尾行されたのか分からないからだ。尾行されたとしたら、油断していたという他ない。

「相手は渡世人《とせいにん》ですか？」

木龍は声を潜《ひそ》めて尋ねた。相手がヤクザなら黙っていないと言いたいのだろう。

「ヤクザじゃなかったな。喧嘩慣れはしていたが、場数を踏んだというより訓練された闘い方だった。元警察官か、軍人という感じかな。だが、人を殺すことに躊躇《ためら》いはない連中のようだ」

神谷は昨夜の敵を思い浮かべた。リーダー格の男は、油断ならなかった。

「相手はなんらかの組織に所属しており、母親は、事件に巻き込まれている可能性もありそうですね」

木龍は腕組みをして首を傾げた。

「現段階では情報は限られている。だが、今日から米国の精神科医の協力を得て、玲奈の治療が始まるんだ。何か進展があればと思うよ」

神谷は祈る気持ちである。

沙羅は母親に恐怖を感じて殻《から》に閉じ籠《こも》っているのだろう。とすれば母親を見つけ出し、危険はないと証明するのが一番の方法だと思っている。だが、彼女自身も母親に耐性を持てるようになれば、殻に閉じ籠る必要はなくなるはずだ。

「了解です。調査で人手がいるようでしたら、いつでも声を掛けてください」

「そう言ってくれると正直ありがたい。必要な時は遠慮なく言うよ。だが、板梨の件は、引き受けた以上、時間がある限り手伝う」

「今日、神谷さんにお越しいただいたのは、現状報告をするためです。神谷さんが大井埠頭で活躍されたので、板梨は外出もしないで大人しくしています。嗅ぎつけられたとびくついているようです。当面は動く必要はないでしょう」

木龍は口角を僅かに上げた。神谷に心配かけまいとしているのだろう。

「埠頭で銃撃してきたからな。素人《しろうと》ならビビるだろう。捜査はほとぼりが冷めてからか」

神谷は頷いた。

「面倒なのは徳衛会が犯人探しをしていることです。神谷さんだと気付かれることは絶対ないと思いますが、身辺に充分ご注意ください。若い者を付けてもいいですが、それでは神谷さんの足でまといになると思い、ご忠告に留めます」

木龍は神谷をじっと見つめた。徳衛会は客の前で面子《めんつ》を潰されたと、必死で探しているのだろう。今は、逆に動かないで欲しいということだ。

「分かった。忠告ありがとう」

神谷は笑みを浮かべ、頭を下げた。

3・五月十三日PM8：50

午後八時五十分。911代理店。

神谷は三〇五号室のドアをノックした。

「入って」

玲奈は沈んだ声で答えた。

神谷が部屋に入ると、彼女はプライベートエリアのソファーの上に膝を抱えて座っていた。気だるそうにもたげた顔は、青白い。

「そろそろ時間だけど、気分はどうかな？」

神谷は優しく問いかけた。玲奈は、午後九時に米国の宮園医師の診察を受けることになっている。ニューヨークは現地時間の午前八時で、クリニックが開業する前に宮園が時間を作ってくれたのだ。

三〇六号室は宮園の希望通りにセッティングを終えていた。診察中、神谷は玲奈に付き添うが、岡村や尾形らは食堂で待機している。彼らは三〇六号室の監視カメラで治療を見守ることになっていた。本来なら尾形が玲奈に付き添った方がいいのだが、彼女が許すはずがないため、仕方なくパソコンのモニター越しということになったのだ。ただ、彼らの助言等が聞き取れるように、神谷は左耳にブルートゥースイヤホンを入れてある。

「マッカランの十八年ものの匂いを嗅いで、目覚めた時みたい。催眠状態で何が起きているのか、自分では分からないんでしょう？　沙羅のためにはなんでもするつもりだけど、催眠療法は正直言って怖い」

玲奈は弱々しい声で言った。マッカランの十八年ものの香りで失神し、目覚めた時の彼女の顔は血の気が失せていた。気分は最悪だったのだろう。

「治療を受けるのは君だから、私の口から大丈夫だとは言えない。もし、駄目そうなら中止してもらおう。捜査の一環として君が犠牲になることに正直言って抵抗を感じるんだ」

神谷は跪《ひざまず》くと、玲奈の左手に右手を重ねた。

「頑張る。だから、治療中はずっと側にいて」

玲奈は神谷の手を握ると、ぎこちない笑みを浮かべた。

「分かっている」

神谷は玲奈の手を取って立たせた。

廊下の天井の照明は消してあり、ホテル時代からあるフットライトだけになっている。

玲奈は薄暗い方が落ち着くのだ。

神谷が先に三〇六号室に入ると、玲奈は恐る恐る入ってきた。

部屋の照明は消され、壁際に置いてある洒落た照明器具が室内をおぼろげに照らしている。カーペットの臭いが気になったので、アロマディフューザーと空気清浄機も設置してあった。朝から貝田と外山と尾形が駆けずり回って揃えたのだ。

「へえー。意外といいかも。このアロマの香り、いいわね」

玲奈は部屋を見回しながら、電動リクライニングチェアに座った。

「心拍センサをセットするよ」

神谷はクリップ状のセンサを玲奈の右人差し指の先に挟んだ。心拍センサから出ているケーブルは中継機を通して近くにあるパソコンデスクのノートPCに繋がれている。

神谷はパソコンデスクの椅子に座った。デスク上に二台のノートPCが置かれ、右側のPCで、玲奈の心拍の変動をモニター出来る。左側のPCはテレビ会議のアプリで、宮園と繋がっており、40インチの壁に掛けてあるディスプレーにも画面は表示されていた。

「気持ちが落ち着いたら宮園医師を呼び出すけど、いいかな？」

神谷は右側のノートPCを見ながら尋ねた。心拍の波形はすでに落ち着いている。ニューヨークの宮園は二つの音声チャンネルを用意しており、一つはテレビ会議用の室内のスピーカーと、もう一つは神谷のブルートゥースイヤホンと接続されていた。

「一分待って」

玲奈は電動リクライニングチェアのスイッチで、ヘッドレストとフットレストの位置を調整した。

「ドクター・宮園。よろしくお願いします」

神谷は玲奈が頷いたので、壁に掛けてある40インチのディスプレーの電源を入れて、宮園の顔を映し出した。ディスプレーは視線が合わない位置に設置してあり、あまり大きなサイズでない40インチと指定されている。

日系四世の宮園は口髭を生やし、シルバーヘアーがよく似合って温厚そうな顔をしている。両親はまったく日本語が話せないが、日本に短期留学するほど日本好きなのだ。

——おはようございます。私はパトリック・宮園と申します。たまに日本語の発音がおかしいこともあると思いますが、それはお許しください。私の顔は見なくて結構ですから、私の言葉を理解されている場合は、頷くだけで結構です。いいですか?

宮園の低く優しい声が天井のスピーカーから響くと、玲奈はゆっくりと頷いた。貝田が制作した催眠導入機の中央には小型ビデオカメラとマイクが仕込まれ、本体は横に長い軀《く》体《たい》をしており、無数のＬＥＤライトが装着してある。

宮園は小型ビデオカメラで玲奈の表情を読み取り、マイクから拾った音に耳を傾け、部屋の監視カメラの映像も見ながら診察するのだ。ロサンゼルスにあるクリニックに同じようなシステムを設置し、ニューヨークから治療を実際に行っているそうだ。

——一般的なヒプノセラピーとは違い、催眠導入機の力も借りてより深い意識下のあなたと対話します。診察とは思わず、これから旅行に出かけるつもりでリラックスしてください。ちなみに催眠導入機は助手のジミーと私は呼んでいます。

宮園は、先ほどよりもまろやかな声を出す。声音も治療には重要な要素なのだろう。玲奈の表情が次第《しだい》に和《やわ》らいでいく。表情が強張っているうちは、治療に入らないと聞いている。神谷もリラックスを通り越して眠くなってきた。

――それでは、正面のジミーを見てください。

宮園の言葉に従い、玲奈は催眠導入機を見た。催眠導入機のLEDライトがランダムに点滅しはじめた。

――星々がイルミネーションのように瞬《またた》きはじめました。あなたは今、草原で夜空を見上げています。旅の準備は出来ましたか？

「綺麗」

玲奈は呟くと頷いた。

――それでは、いっしょに宇宙の中心に出かけましょう。

宮園の声とともにLEDライトが規則正しく外側から内側にかけて点滅する。神谷は催眠状態に陥らないように、LEDライトが直接見えない位置に座っていた。その代わり、パソコンのモニターの一部に部屋の監視カメラの映像を映し出しているので、催眠導入機の状況は摑んでいる。

LEDライトの明滅が速くなり、玲奈は半目になった。するとライトは遅いテンポになる。宮園は、手元にあるコントローラーで調整しているのだ。

――あなたがいる場所は、意識の源《みなもと》です。あなたは誰ですか？

「……玲奈です」

玲奈は譫言《うわごと》のように答えた。

――それでは、玲奈さん。少し歩いてみましょう。新しい風景が見えるかもしれませんよ。きっと素敵な出会いがあるでしょう。

宮園はまるで御伽噺《おとぎばなし》でも聞かせるように話している。優しい語りで、玲奈の意識を解放しているようだ。

――何か見えてきましたか？

「……私の前を女の子が歩いている」

玲奈は実際に見えているように目を細めて答えた。

――誰だか分かりますか？

「多分、沙羅だと思う」

玲奈は首を傾げながら答えた。彼女は意識下にいる沙羅を見つけ出したようだ。

――それでは、少女が沙羅さんかどうか、確かめてみましょう。

宮園はおっとりとした口調で促した。

4・五月十三日ＰＭ９：１０

玲奈は星空の下を一人で歩いていた。

ふと気付くと少女が前を歩いている。

――それでは、少女が沙羅さんかどうか、確かめてみましょう。

宮園の声が、空から聞こえてくる。

頷いた玲奈は足早に歩いた。

前を歩く少女は、ピンクの水玉模様のワンピースを着ている。子供じみた服を着ているのは、沙羅に違いない。

「沙羅。待って」

玲奈は駆け寄って少女の肩に右手を伸ばした。

「えっ？」

いつの間にか、目の前の少女の服が黒っぽいTシャツに変わっていた。しかも、ピンクの水玉模様のワンピースを着た少女は、さらに数メートル先にいるのだ。彼女は、走ってこの場から逃げ出そうとしている。

黒いTシャツを着た少女は立ち止まり、ゆっくりと振り返り始めた。

「駄目」

玲奈は手を引っ込めて後退《あとじさ》りした。

少女は下半身をまったく動かさず上体だけ回転させて後ろを向いた。顔は沙羅に似ているが眉間に深い皺が刻まれ、目が吊り上がっている。鬼のような形相《ぎょうそう》をした少女は、左手で玲奈の右手首を摑んだ。

「あっちに行け！　おまえは嫌いだ！」

玲奈は摑まれた右手を外そうと、少女の腹を蹴った。

「大声を出すな！　酒臭い男とババアが来るぞ！　おまえじゃ駄目なんだ」

少女は、玲奈の首を恐ろしい力で絞《し》めた。

「はっ、放せ！」

玲奈は必死にもがいたが意識が遠のく。


「何！」

神谷は眉を吊り上げた。右側のノートPCに表示されている心拍が激しく乱れたのだ。

「あっ！」

玲奈を見ると、自分の首を両手で絞めている。

「宮園先生。玲奈を覚醒させてください！」

神谷は席を立つと、玲奈の手を両手で摑んで首から離した。

――分かっています。玲奈さん！　数を三つ数え、私が手を叩いたら目を覚ましてください。

宮園の声が、高くなっている。彼も心拍モニターの画面は見られるのだ。

「むっ！」

神谷は玲奈の手を離した。彼女が両眼を見開いたのだ。

「先生！　玲奈が覚醒しました」

神谷は息を吐き出すと、一歩下がった。

「誰だ。おまえは？」

玲奈は眉間に皺を寄せ、神谷を睨みつけた。見たこともない顔つきをしている。

「私は、神谷隼人だが……」

神谷は首を傾げた。玲奈が冗談を言っているとは思えない。意識下で何かが起こり、ショックで混乱しているのだろう。

玲奈は部屋の中を見回している。

――玲奈さん、どうされましたか？

宮園が声を掛けてきた。

「なんだ。おまえは？」

玲奈は40インチのディスプレーに映る宮園を今度は睨みつけた。

――私は医師の宮園です。失礼ですが、あなたのお名前をお聞かせください。

宮園は冷静な声に戻っている。

「なんで、おまえに教えなきゃならないんだ」

玲奈はリクライニングチェアの上で胡座《あぐら》をかいた。

――あなたは、ご存じないかもしれませんが、気を失っていました。あなたが精神的に安定しているかを知るには、お名前を聞くのが一番なのです。

宮園はどの人格が現れたのか確認したいのだろう。

「私は、サナエだ」

玲奈は何故か母親の名前を名乗った。

――神谷さん。彼女は今、玲奈でも沙羅でもない、第三の人格のようだ。この状態で覚醒しているのは、非常にまずい。尾形くんに対処してもらうので、君は彼女の気を逸《そ》らしておいてくれ。

宮園からブルートゥースイヤホンに直接連絡が入った。

「サナエさん。ここがどこか分からないと思いますが、あなたが入院している病院です。改めまして、私は看護師の神谷です」

神谷は笑顔でサナエに話しかけた。

出入口のドアが開き、尾形が麻酔薬入りの小型の注射器を手に現れた。針を使わずに気泡の圧力で体内に薬品を注入する特殊な注射器で、注入時に痛みを伴わないという優れものである。尾形が知り合いの製薬会社の技術者から、麻酔薬と一緒にサンプルとして手に入れたものだ。詐欺の手口を使ったらしいが、誰も入手経路を聞かないことにしている。

「サナエさん。聞きたいことがあるんだけど。君が住んでいた場所が分かるかな？」

神谷は玲奈が出入口に背を向けるように移動した。

「どこかの大きな屋敷の離れ」

サナエは、首を左右に振って不貞腐れた様子で答えた。

「詳しい場所は分かるかな？」

神谷は右手を軽く上げて、尾形に少し待てと合図をした。サナエがこれからまた覚醒す

ると は限らない。彼女からも情報を得た方がいいと判断したのだ。

「知るか、そんなこと。だけど、この間、連れて行かれた遊園地は覚えている。クソ暑いのに遊園地だぞ。信じられるか？　おまえ、モクは持っているか？」

サナエは、人差し指と中指を立てた。「モク」とは煙草のことで、煙草を吸う仕草をしているのだろう。

「すまない。私は煙草を吸わないんだ。暑いのにどこの遊園地へ行ったんだい？」

神谷は苦笑がてら尋ねた。ゴールデンウィーク中に真夏日が観測されてはいるが、彼女の口ぶりでは本当に真夏だったのだろう。かなり昔の話に違いない。

「あらかわ遊園だ。あそこの観覧車に無理やり乗せられて、頭にきたよ。だから、ナイフで刺してやった」

サナエは、薄笑いを浮かべた。

「なっ！」

サナエが真顔になった。いきなりリクライニングチェアを飛び降り、背後に迫った尾形を殴り倒した。気配を察し、反射的に攻撃したらしい。玲奈よりも攻撃的なようだ。

「彼は医師の尾形だよ」

神谷は気を失っている尾形を介抱する振りをして、床に落ちている無針注射器を手に隠し持った。

「医者？　こいつが、後ろから近寄るから悪いんだ」

サナエは肩を竦めた。粗雑で攻撃的な口調だが、どこか話し方が子供のように幼い。

――神谷くん、彼女は篠崎くんの幼い頃に出来た人格なのだろう。長時間覚醒させると、定着する恐れがある。すぐに眠らせるんだ。彼女の左上腕部に注射してくれ。

宮園は監視カメラの映像と音声で、診断したらしい。待ったなしということだ。

「サナエさん。すまないね」

神谷はサナエの右肩を摑むと、左上腕に無針注射器を突き立てた。

「なっ！」

サナエは白目を剝《む》いてその場に倒れた。

5・五月十三日PM9：40

午後九時四十分。911代理店、三〇六号室。

神谷と岡村と尾形は、40インチのディスプレーに映る宮園から診断結果を聞いていた。

――玲奈さんが催眠状態に入っていたのは、数分ですので、正確な診断をするには短過ぎます。弁解するつもりはありませんが、サナエという第三の人格が存在することを予見できませんでした。長年二つの人格で安定していたので、催眠状態でそれ以外の人格が覚醒するリスクがあるとは、正直言ってないと思っていたのです。

ディスプレーに映った宮園は疲れた表情を見せている。玲奈の予想外の反応に医師である彼自身驚きを隠せないようだ。

「これまで、彼女の第三の人格について認識している養護施設はありませんでした」

岡村が応じた。

「サナエは、養護施設に収容される前の一時期に出現した人格なのでしょう。彼女が母親の名前を名乗っているのも、極端な虐待に対抗するために生まれたものだと思われます。沙羅は意識下で身を守り、サナエが生まれたのでしょう。養護施設に入ってからは、母親がいなくなったため、玲奈が出現した可能性があります」

宮園は憶測《おくそく》を交《まじ》えながら、説明した。顧客には米国の政財界の大物もいるという超人気の医師の診断を受けられたことに、今さらながら尾形に感謝である。

「母親の名前を名乗ることで、極度の虐待と分かるのですか？」

神谷は質問をした。

「プロジェクティブ・アイデンティフィケーションというのだが、死の本能から発生する破壊的な怒りを対象に向け、分裂した悪い側面を攻撃者に投影する症状です」

宮園は日本語で説明した後で、英語でも説明した。日本語ではうまく説明できないと思ったのだろう。

「日本語では『投影性同一視』と呼ばれています。自分を脅《おびや》かす攻撃者、篠崎さんの場合は虐待する母親と同一化することによって恐怖を避ける原始的な防衛本能です。解離性同一性障害の中では珍しい症状のようです。ただ、サナエが生まれたのは、篠崎さんが幼かったことも影響したのでしょう」

尾形が分かりやすく説明した。解離性同一性障害は専門分野でなかったはずだが、かなり勉強したのだろう。

「なるほど、彼女の粗暴な言動は、母親の真似で、どこか幼い口調だったのは、彼女の年齢が低い時の人格だからというわけですか。納得しました。サナエが私の質問に答えた遊園地のことは、事実という可能性はありますか？」

神谷はサナエが言った「ナイフで刺してやった」という言葉が気になっていた。

「充分考えられますね。今後の診察ですが、サナエとして目覚めたらすぐに対処する必要があります。今回のようにヒプノセラピーでサナエが覚醒する可能性があるので、玲奈さんか沙羅さんとして目覚めたらしばらく診察は中断しましょう」

宮園は小さな溜息を吐いて言った。

「催眠療法で診察した場合、また、サナエが覚醒する可能性が高いということですか？」

岡村が心配顔で尋ねた。サナエの覚醒が懸念《けねん》されるのなら、診察は出来ないことになるからだろう。

「サナエは母からの虐待に対抗するために生まれた人格と推測されます。母親が原因で生じた今回の症状では、サナエが覚醒しやすい状況になっているのでしょう。何か、安心材料を篠崎さんに与えれば、サナエを抑え込むことも出来るかもしれません。そうすれば、玲奈さんへのヒプノセラピーを介して沙羅さんを呼び戻すことも可能だと思います。確証はありませんが」

宮園は、腕組みをして答えた。

「ドクター・宮園。そろそろ時間のようです。無理を言ってすみませんでした」

尾形は腕時計を見て言った。九時五十六分になっている。

「第三の人格には、正直言って驚きました。しかし、可能性も考えるべきでしたね。私も症例を調べておきます。それでは」

宮園は軽く頭を下げると、画面から消えた。

「沙羅くんが安倍野学園に入所したのは二〇〇六年八月だ。それ以前にサナエが出現したのだろう。サナエが母親を刺したというのが、嘘でないのなら事件になっている。私の記憶にないのは、殺人事件じゃないからだろう。だが、その事件がきっかけで沙羅くんが安倍野学園に入ったのなら辻褄《つじつま》が合う」

岡村は振り返って、神谷と尾形に言った。

「実は、貝田にあらかわ遊園で事件があったかインターネットで調べさせましたが、見つけられませんでした」

神谷はサナエを麻酔薬で眠らせた直後、貝田に指示を出していた。

「あらかわ遊園の管轄は尾久《おく》署だが、十六年以上前の事件を担当した刑事はさすがにもういないだろう。私も尾久署の現役の警察官に知り合いはいない。どうしたものか」

岡村は大きな溜息を吐いた。

「玲奈なら何か見つけられるかもしれませんが、彼女に母親の情報を調べさせることはできませんね。サナエと会話しましたが、彼女は危険です。二度と会いたくないですね」

神谷は首を振った。

麻酔薬で眠らせたサナエは三〇五号室に抱えて行き、ベッドに寝かせてある。一、二時間は起きないだろうと、尾形から言われていた。

「玲奈くんに頼れないとなると、私か君のパイプを使う他ないな」

岡村は神谷をじっと見つめた。警視庁の畑中《はたなか》に相談しろと言いたいのだろう。畑中は昨年係長に昇進している。使える駒《こま》であることは事実だ。

「了解です」

渋い表情で頷いた神谷は、スマートフォンを出した。

6・五月十三日ＰＭ１０：４５

玲奈は当て所《ど》もなく暗闇を歩いていた。

自分にそっくりな女に首を絞められ、必死で逃げ回って道に迷ったのだ。

「あっ」

玲奈は立ち止まった。ピンクの水玉模様のワンピースを着た少女が、目の前を歩いているのだ。

「さ……」

玲奈は沙羅と呼びかけようとして口を閉じた。ついさっき沙羅と思った人物は、鬼面の女に変わったのだ。また、同じことが起こらないとも限らない。

ワンピースの少女が振り返って玲奈に気付くと、震え始めた。

「沙羅。あなたは、沙羅ね」

玲奈は確信した。ビデオ越しでない沙羅を見たのは初めてだが、どうしようもない愛おしさを感じる。さきほどの鬼面の女とは大違いだ。

呼びかけた途端、沙羅は後退りを始めた。

「待って、沙羅……」

慌てて駆け出した玲奈は雷に撃たれたような衝撃を受けた。


午後十時五十分。三〇五号室。

神谷はプライベートゾーンのソファーに座り、膝に載せたタブレットPCであらかわ遊園に関する事件を調べていた。

ベッドには篠崎が眠っており、どの人格で目覚めてもいいように神谷は待機しているのだ。

「だめか」

神谷は様々なワードを打ち込んで検索しているが、あらかわ遊園での事件はヒットしない。警察の管轄区である尾久で調べると、最近では二〇二一年に起きた町屋《まちや》七丁目マンション駐車場内外国人殺人事件、古いところでは一九三六年に愛人を扼殺《やくさつ》し、男の局部を切り取ったという猟奇的な〝阿部定《あべさだ》事件〟がヒットするが、それ以外に近年の凶悪事件の記録はネット上にはないらしい。

「……？」

眉をぴくりと動かした神谷はタブレットPCを脇にやり、ゆっくりと立ち上がった。寝息を立てていた篠崎の息遣いが変わったからだ。気を失った際はサナエだったが、寝顔では判断できない。

ベッドの女性は両眼を見開き、神谷をじっと見ている。

「気が付いたかい？」

神谷は戸惑い気味に尋ねた。少なくとも、敵対するような表情ではない。

「いつの間に部屋に戻ったの？」

篠崎は体を起こしながら尋ねた。

「ここが、自分の部屋だと分かるんだね」

神谷はほっと胸を撫で下ろした。サナエは自分がいる場所さえ分からなかったからだ。

「当然よ。馬鹿にしているの？」

ふんと鼻息を漏らした。聞くまでもなく、玲奈である。

「よかった。君は催眠状態だったから分からないだろうが、サナエと名乗る人格が覚醒したんだ」

神谷は「サナエ」と名前を言って、慌てて口を手で塞《ふさ》いだ。宮園から玲奈か沙羅が覚醒しても当分の間は、サナエの話はしないように言われていたのだ。

「あのクソ女は、サナエと言うんだ。待てよ。沙羅の母親の名前と一緒じゃない。どうなっているの？」

玲奈は首を傾げた。

「催眠状態の時に、会ったのか？」

神谷は険しい表情になった。宮園から「サナエが覚醒しやすい状況になっている」と聞いている。催眠状態の玲奈が凶暴なサナエとどういう形で出会ったのか胸騒ぎがした。友好的でなかったことは想像がつく。

「最初沙羅を追いかけて彼女の肩に手を掛けようとしたら、恐ろしい顔をした女だった。なぜか、その女を見た瞬間、近寄ってはいけない気がしたの。離れようとしたんだけど、そいつは私の首を絞めてきた。多分、私が気を失っている隙にサナエは目覚めたのね」

玲奈はベッドから下りて冷蔵庫からミネラルウォーターのペットボトルを出した。神谷の隣りに腰を下ろし、勢いよく飲み始める。コーラを飲まないということは、精神的に安定した状態になったということなのだろう。

「君が最初に見かけた沙羅はどこに行ったんだろうか？」

神谷は玲奈に顔を向け、首を傾げた。

「逃げていったわ。彼女は怯えている。私からいつも逃げようとしているみたい。それに私は、彼女には近付けない気がする」

玲奈は思案顔で言った。

「近付けない？　どういうことかな？」

「沙羅がいなくなった日、私は彼女を夢の中で見た。その時、彼女に近付こうとしたら、体が動かなくなったの。今日は、追いかけようとしたら見えない壁にぶつかって身体中に電気が流れたような衝撃を覚えた。その瞬間目覚めたの。彼女と私の間には、見えない壁があるのかもしれない」

玲奈は夢の解説をした。

「しかし、サナエは君と接するどころか首を絞めてきたんだろう？　人格が脳の違う領域を使っているから記憶の共有が出来ないと言うのなら理解できる。だから、君と沙羅が交わることが出来ないのだろう。それならサナエとも接触出来ないいんじゃないかな？」

逆説的に別人格のサナエが玲奈と接することが出来るのなら、沙羅とも接触することは可能のように思える。あるいは、サナエは、玲奈と沙羅と脳の領域を共有しているのだろうか。

「そう言えば、サナエは『酒臭い男とババアが来るぞ！　おまえじゃ駄目なんだ』と言っていた。私じゃ、沙羅を守れないと言いたかったのかな。だとしたら、余計腹が立つ。私は沙羅と同格の人格で、沙羅のカバーをずっとしてきたから。今度会ったら、思い知らせてやる」

玲奈は両手を握りしめて首を振った。

「落ち着いてくれ。サナエは、沙羅が幼い頃に形成された人格だと宮園先生は言っていた。しかも、幼い沙羅にとっては身の危険を感じるほどの恐怖に対抗するために生まれた可能性があるそうだ。『酒臭い男とババア』と形容した人物も恐怖の対象だったのかもしれないね」

　宮園の説から、危険を回避するためにサナエがより凶暴化したと解釈出来る。

「身の危険？　大袈裟な」

　玲奈は鼻先で笑った。

「文字通り、命を脅かすような恐怖なのだろう。私はサナエと簡単な会話をしている。その時、最近行った場所のことを聞いたんだ。すると、ものすごく暑い日にあらかわ遊園に無理やり連れて行かれたと言っていた。それで頭にきて刺してやったと言ったのだ。おそらく母親に何か無理強いされた沙羅は、恐怖を覚えたのだろう。その時出現したサナエは、ナイフで母親を刺したのかもしれない」

　神谷はサナエとの会話を思い出した。

「診察中の映像はあるんでしょう？」

　玲奈は立ち上がると自分のデスクに行き、パソコンで会社のサーバーにアクセスした。

　神谷がデータの所在を教えるまでもなく、玲奈は診察中の映像をモニターに映し出した。

「本当だ」

　玲奈はサナエの言葉を確認すると、キーボードを素早く叩き、警視庁のサーバーをハッキングした。

「これだ。二〇〇六年八月二十九日、あらかわ遊園の観覧車の中で母親が無理心中を図る。母・加賀真江、二十六歳、娘・沙羅、八歳。電子記録はこれだけど、所轄には原本があるはずよ」

玲奈は最も簡単に結果を出した。

「すっ、すごいな」

神谷は感嘆の溜息を漏らした。

サナエの記憶

1・五月十四日AM9：00

五月十四日、午前九時。

一台の覆面《ふくめん》パトカーが、首都高速中央環状線を走っている。

「おまえさあ、仮にも俺は一課の係長だよ。覆面パトの運転をさせるなんて、人使い荒すぎだろう」

ハンドルを握る畑中《はたなか》は、わざとらしく大きな溜息を吐いた。

「引き受けておいて、今さら文句を言うなよ。そもそも係長になれたのは俺のおかげだろう。忘れたのか？」

助手席に座る神谷《かみや》は、忙《せわ》しなく雨を払うワイパーを所在なく見つめながら答えた。今日は地味なダークスーツを着込んでいる。探偵課になってから、スーツは何着も揃えた。探偵だろうと聞き込みは、スーツが役に立つ場合が多いからだ。

昨夜、畑中に尾久警察署の古い捜査資料を調べたいので、付き合って欲しいと頼んだ。畑中とは古い付き合いだが、彼を利用することはあくまでも警察の捜査としても役に立つ場合に限っていた。今回は沙羅《さら》の緊急事態とはいえ、個人的なことになるので二の足を踏んでいたのだ。

だが、岡村《おかむら》から警察のパイプを使うように命じられたので、仕方なく畑中に連絡をした。出来ることなら借りは作りたくないのだが、沙羅のため背に腹は替えられないのだ。

「望んだわけじゃないがな」

畑中は舌打ちをした。

一昨年、国立競技場に爆弾を仕掛けるというテロがあり、神谷は体を張って未然に防いだ。その手柄を畑中に譲っている。事件をきっかけに畑中は一課で時の人になった。また、昨年、M委員会の幹部である菅田《すがた》衆議院員を罠に掛け、畑中に逮捕させている。大きな事件を解決することで、評価を得た畑中は係長に昇進することができたと言っても過言ではない。

「今回は借りだが、今調査中のヤマですぐに返せる。何倍もな」

神谷は僅かに右の口角を上げた。

「いつもその手で騙されるんだ」

畑中は荒い鼻息を漏らした。

「騙した覚えはないが、嫌でも付き合うのがおまえのいいところだ」

神谷は鼻先で笑った。

高速道路を下りた畑中は、都道３０６号線を東に進む。都道３０６号線は中央分離帯ではなく、都電荒川線《あらかわ》が通っている。新しい８９００形や都バスに似た８５００形も今では街に馴染《なじ》んでいるが、小豆色《あずき》の７７００形や９０００形が走るとどこか郷愁《きようしゆう》を誘う。

　畑中は尾久警察署の正門にハンドルを切った。車を警察署前に停めた畑中は、出入口で警備に立っている警察官に軽く右手を上げて建物に入る。

「畑中係長」

　受付の前に立っていた私服警察官が畑中に頭を下げた。今では珍しいスポーツ刈《が》りにしている。年齢は五十代半《なか》ばから後半、叩き上げの刑事なのだろう。

「五十嵐《いがらし》主任、ご無沙汰《ぶさた》です。電話でお話しした神谷さんです」

　畑中は、振り返って神谷を紹介した。捜査資料が保管されている部屋には民間人の立ち入りは通常は許されない。そのため、畑中は神谷を捜査支援の民間人ということにしたのだ。もっともそんな理由をつけなくても本庁の一課係長である畑中の要請を五十嵐は断らないだろう。

「神谷です。よろしくお願いします」

　神谷は深々とお辞儀をしたが、五十嵐は軽い会釈《えしやく》に留めた。民間人を資料保管室に入れる許可を上司にもらっていないそうなので、神谷とは他人の振りをしたいのだろう。

「それでは、こちらにどうぞ」

　五十嵐はさりげなく周囲を見回し、エレベーターホール横の階段を下りた。地下一階は節電なのか廊下の照明は間引きされており、薄暗い。

「十五年以上前の資料は、地下の保管室に収められているのです」

五十嵐は歩きながら苦笑した。霊安室の前を通ったからだろう。

階段から一番離れた場所にあるドアの鍵を開けた五十嵐は、閉まらないように手で押さえた。五十嵐は、神谷と畑中が先に室内に入ると廊下の左右を確認してから部屋に入ってドアを閉めた。

部屋の中央に通路があり、両側にレール式スチール棚《だな》がずらりと並んでいる。

「ええーと、平成十八年だから」

五十嵐は日付を唱《とな》えながらスチール棚を動かし、隙間を作って中に入った。畑中からあらかわ遊園の無理心中未遂《みすい》事件の資料が欲しいと伝えてある。

神谷と畑中は出入口の側に立ち、五十嵐を見守った。特に言われたわけではないが、用があれば呼ぶだろう。五十嵐が神谷らを保管室に招いたのは、資料を部屋の外に出せないからだ。

「これですかね」

五十嵐はファイルを手に棚の隙間から出てきた。ファイルの背と表紙に〝二〇〇六年八月二十九日、あらかわ遊園無理心中未遂事件〟と書かれている。

「拝見します。神谷さん、確認してください」

畑中は、神谷に渡した。

ファイルには担当した刑事の調書や鑑識記録、それに証言などの書類が挟んである。だが、たいした量ではない。書類で見る限り、真江の傷はたいしたことはなかったらしい。そのため、扱いは軽かったのだろう。

「間違いないです」

神谷は書類に目を通すと、スマートフォンを出して五十嵐に見せた。撮影していいかとは聞けないからだ。

「私は他の資料を探す用事がありますので」

五十嵐は頷きもせずに別の棚の間に入って行った。

神谷は書類をスマートフォンで一枚一枚撮影した。

「興味深い事件を発掘したな」

畑中は横に立って書類を覗き込みながら神谷の耳元で言った。

一昨年、畑中は負傷して入院していた神谷を見舞いに来た際、沙羅と会っている。その時、畑中はじろじろと見たせいで玲奈《れいな》に入れ替わった彼女に殴られている。だが、説明が面倒なので彼女が解離性同一性障害ということは話していない。そのため、畑中は沙羅のことをただ乱暴な女だと思っていただろう。

「事件は平凡だが、どこかおかしい」

神谷は書類に目を通して違和感を覚えている。

「母親の証言で、無理心中となっていることがか？」

畑中は腕組みをしながら聞いてきた。

「親子の無理心中の場合、親が子供を先に殺してから自殺する。あるいは一緒に死ねる方法で死ぬものだ。だが、親が単独で死ねば、ただの自殺だ。心中とは言わない。母親も自殺と供述すればいいのだ。わざわざ検察が無理心中だと判断した理由はなんなんだ？」

神谷は首を捻った。

「いい読みだ。おまえを私立探偵にしておくのはもったいないな。この事件は、おかしい。手伝えることがあるなら、いつでも手を貸すぞ」

畑中が珍しいことを言う。単純に事件に興味を持ったようだ。

「もう充分、役に立っているがな」

撮影を終えた神谷は、スマートフォンを仕舞った。

2・五月十四日PM3：35

午後三時三十五分。埼玉県新座《にいざ》市。

神谷は東武東上《とうぶとうじょう》線志木《しき》駅の東口に近いコインパーキングにジープ・ラングラーを停めた。

午後になって雨は止んだが、空はまだ厚い雲に覆《おお》われている。気温は二十五度、空気は湿気を帯《お》びてベタつく。

シャツのボタンを外し、ネクタイを緩めた神谷は、裏通りを進んだ。

「ここか」

神谷は雑居ビルの出入口にある〝セクシーゾーン・B1〟という看板の前で立ち止まっ

た。一階はラーメン屋、二階はゲームセンター、地下一階は怪しげなキャバレーといういかにも駅に近い構成である。

午前中に畑中と〝あらかわ遊園無理心中未遂事件〟の捜査資料を調べるため、尾久警察署に行ってきた。

調書によれば、借金で思い詰めた加賀《かが》真江《さなえ》は、娘の沙羅を連れてあらかわ遊園に行き、観覧車に乗った。死ぬ前に富士山が見たかったからと真江は語っている。真江は観覧車で思い出を作って娘を殺して一緒に死ぬつもりだったが、自分を先に刺したというのだ。観覧車の運行を担当していた職員は血塗《ちまみ》れの真江に気付いて非常停止させた。他の職員も呼んで真江と沙羅を観覧車から下ろし、救急車を呼ぶと同時に警察に通報したと記録されていた。

真江は病院に二日間入院した際、担当警察官に現住所は秩父市浦山と答えている。すでに廃村になっていたため、事実上、住所不定だったらしい。

問題は真江が観覧車で発見された当時、娘に刺されたと騒いでいたことだ。だが、病院に運ばれると、治療に当たった医師や警察官に自分で刺したと証言を変えている。使われた果物ナイフを鑑識課で調べたところ、真江と娘の二人の指紋が採取された。

検察は沙羅が八歳ということもあり、真江の最終的な証言を採用して無理心中だったと判断したようだ。だが、真江の監督責任を問うために家庭裁判所に処遇を委《ゆだ》ねている。警察の書類に記されているのはそこまでで、その先は分からなかった。

神谷は畑中に家庭裁判所の記録を調べるように頼み、自分は当時の警察関係者の聞き込みをすることにした。だが、捜査資料に書かれていた尾久警察署の主任刑事である藤森康《ふじもりやす》雄《お》と地検の検察官成田《なりた》郁男《いくお》は、いずれも交通事故で死亡していたのだ。

そのため、当時主任刑事の下で働いていた外崎英雄《そとざきひでお》という刑事から話を聞くつもりだったが、十二年前に退職していた。尾久警察署で当時の連絡先を教えてもらったが、同じ頃に引越しをしていたのだ。また、都内の実家にも連絡してみたが、音信不通で分からないと言う。

神谷は一旦会社に戻り、玲奈に外崎の所在を調べるように頼んだ。すると彼女は、外崎が十二年前に使っていた携帯電話の番号から現在使っている番号を突き止めた。外崎は三度の機種変更の際に毎回電話番号まで変えていたが、玲奈は通信会社のサーバーをハッキングして調べ上げたのだ。

神谷は雑居ビルの階段を下りてセクシーゾーンのドアを開けた。

通路を挟んでボックス席が並び、奥に小さなカウンターがある。天井からミラーボールが吊り下げられ、壁にヌード写真が貼り付けられていた。この類《たぐい》の店に出入りしたことはないが、いかがわしい店であることに間違いはない。看板には英語で「エキサイティング・パラダイス」と記されていたが、いわゆるピンクサロンというところだろう。

通路を進むと、奥のボックス席で二人の女が、Tシャツにパンティという格好で弁当を食べている。二人とも若そうに見えるが、厚化粧《あつげしょう》をしているので年齢は不詳だ。

「まだ、早いよ。うちは四時からだから」

一人が弁当箱をテーブルに置き、お茶を飲みながら言った。店の前の看板には、十六時から翌四時までと記されていた。

「嫌だ。お兄さん、かっこいいじゃない。開店したら、私を指名して。カリンよ。絶対ね」

カリンと名乗った女は神谷と目が合うと、Tシャツをいきなりたくしあげ、豊満な胸を見せて笑った。

「いや、客じゃないんだ。ここの店長の外崎さんに用があってね。外崎さんはどこかな？」

いきなり生胸を見せられ、神谷は苦笑した。

「なんだ。店長に会いに来たの。つまらない。店長！　お客さん」

カリンが声を上げた。

「お客さんって。……どちら様で？」

両手にゴム手袋を嵌めた男が、カウンターの奥から出てきた。神谷を胡散臭そうに見ている。

「私は私立探偵の神谷と申します。お聞きしたいことがあるんですが、ちょっとお時間をいただけますか？」

神谷は外崎に名刺を渡して尋ねた。

「何を調べているんだ？」

外崎はじろりと神谷を睨みつけた。年齢は四十六歳、身長は一七六センチほど、痩《や》せ型である。だが、元刑事というだけあって、眼光は鋭い。

「二〇〇六年にあった、あらかわ遊園の親子無理心中未遂事件です」

神谷は、二人の女性に聞こえないように声を潜めた。

「とうとう俺を見つけたのか！」

甲高い声を上げた外崎はカウンターの向こうに飛び込み、包丁を握りしめた。

「落ち着け。外崎さん。勘違いしないでくれ。私は事件の真相を知りたいだけだ」

神谷は両手を上げてカウンター越しに言った。

「セクシーゾーンの外崎です。すぐに来てください」

外崎は右手に包丁を持ったまま、スマートフォンでどこかに電話を掛け始めた。

「大事《おおごと》にしないでください。外崎さん。ちょっとお話をするだけでいいんですよ」

神谷は出来るだけゆっくりと丁寧に言った。

「出て行け！　さもないと痛い目に遭うぞ！」

外崎は包丁を振り回して叫んだ。

「参ったな」

神谷は頭を掻いて溜息を吐いた。

「おい、こら。おまえか！」

背後で怒号が響いた。

振り返ると、黒のジャケットを着た二人の男が肩を怒らせて迫ってくる。一人は三十代半ば、もう一人は二十代前半と若い。だが、一目でヤクザだと分かる。外崎は暴力団にみかじめ料を払っているらしい。

「まったく」

神谷は舌打ちをした。この手の連中なら銃を持っていない限り、何人でも相手にできる。だが、その後が面倒なのだ。

「にいちゃん。すぐ店を出ろ！」

三十代半ばの男が、いきなり神谷のジャケットの襟を摑んできた。

「外崎さんと話をするだけだ。ちょっと待っていろ」

神谷は男の手首を摑み、捻り落とした。

「うう！」

男は堪《たま》らず、跪いた。

「てめえ！」

後ろにいた若い男が、拳を振り回した。

神谷は男を押さえ込んだまま若い男の鳩尾《みぞおち》を蹴り抜いた。若い男は、後ろに飛んでボックス席に頭から落ちた。

「貴様、俺たちが心龍会だって、分かっているのか！」

男は苦痛で顔を歪《ゆが》めながらも粋《いき》がった。

「心龍会？」

神谷は男の腕を離した。

「組の名を聞いてからじゃ、おせえんだよ。この馬鹿が。ただですむと思っているのか！」

男は立ち上がると、締め上げた腕を摩りながらも勝ち誇った顔をした。神谷が心龍会と聞いて怯えたと勘違いしたらしい。

「神谷です。今、沙羅の件で志木にいる。シマを荒らすつもりはないんだが、若いのと少々トラブっているんだ」

スマートフォンで神谷は木龍に電話をかけた。これ以上、トラブルにならないようにするためだ。下手《へた》に助っ人を呼ばれても、相手が一方的に怪我をするだけである。

「てめえ、誰に電話をかけている。シカトするんじゃねえぞ！」

男は声を荒らげた。だが、神谷の強さが分かっているために近寄ってこない。

「おまえに電話だ」

神谷は自分のスマートフォンを突き出した。

「えっ？」

男は人差し指で自分を指し、首を捻っている。

「いいから出ろ」

神谷は眉間に皺を寄せて睨んだ。

「ふざけんなよ。てめえ」

男は粋がっているが、神谷の凄みに押されてスマートフォンを手にした。

「はあ？　……はい！　わっ、私は山口敦也《やまぐちあつや》です。はっ、はい。……はい。失礼しました」

山口の顔がみるみる青ざめ、電話中に何度も頭を下げた。スマートフォンから木龍のドスの利いた声が漏れ聞こえる。怒鳴っているわけではないが、よく響くのだ。

「神谷様！　大変失礼しました！　申し訳ございません」

山口は通話を終えると両手で神谷にスマートフォンを返し、その場で土下座した。ボックス席の女たちは、神谷と山口を交互に見て唖然としている。

「そこまでしなくていいから、そいつを連れて帰ってくれ」

神谷は山口の肩を軽く叩いた。

「はっ、はい！　おおせの通りに」

声を裏返した山口は、立ち上がると気絶している男を肩に担いだ。出入口で一礼して階段を上って行った。さすがに木龍の威光は伊達《だて》じゃない。

「というわけで、外崎さん、話を聞かせてください」

神谷は振り返ると、満面の笑みを浮かべた。

「はい！」

外崎は包丁を床に落とした。

3・五月十四日PM4：20

午後四時二十分。

神谷は外崎からの聞き取りを終えた。

「相手は得体がしれません。充分過ぎるほど気を付けてください」

外崎は神谷の身を案じてくれた。彼にはM委員会とは言わなかったが、これまで政治の裏側で暗躍《あんやく》する組織から何度も命を狙われていることは説明してある。また、裏社会で神谷は顔が利くと思われたらしく、外崎は協力的であった。

「助かったよ。困ったことがあったら、連絡してくれ」

神谷は外崎と握手を交わした。

「何か情報があったら、ご連絡します」

外崎は深々と頭を下げた。

「今度は遊びに来てね。絶対よ」

店を出ようとすると、カリンがいきなり抱きついてきた。安っぽい香水の香りが鼻腔を刺激する。この香りに引き寄せられるくだらない男を相手にするのが、彼女の商売なのだ。

「約束はできないがな」

神谷は生真面目《きまじめ》に答えた自分に苦笑した。

二〇〇六年のあらかわ遊園で起きた無理心中未遂事件で、外崎は主任刑事である藤森とともに二人で担当した。たいした事件でもないので、二人で充分と判断されたからだ。

加賀真江は粗暴な性格で子への虐待を上司の藤森は疑っていたらしい。沙羅はいつも怯えており、明らかに虐待と見られる打撲《だぼく》による痣《あざ》が身体中にあったそうだ。そのため、検察は家庭裁判所に沙羅を保護するように申請した。

真江が自殺を図ったと自供したこともあり、早い段階で不起訴となった。その直後に真江は失踪し、沙羅は一人残された。尾久警察署は総出で真江の行方《ゆくえ》を追ったが見つけることはできなかった。裁判所の指導もあり、沙羅は〝安倍野学園〟に入所したのだ。

ここまでの話は、神谷の調べを裏付けるもので目新しさはなかった。だが、沙羅の篠崎《しのざき》という姓について、外崎は驚くべき話をした。母親は警察官に娘の姓も加賀だと証言したのだが、母親のいないところで沙羅は頑《かたく》なに篠崎だと言い張ったらしい。そもそも警察で秩父浦山の真江の戸籍を調べたが、婚姻の記載はなかった。沙羅は非嫡出子と認定されている。

藤森は上層部から捜査の早期切り上げを指示され、成田は上司から不起訴相当だと指示されたらしい。権力者からの圧力と察した藤森は、沙羅が名乗った篠崎という姓に疑念を抱いた。

篠崎という姓で思い出される権力者は、篠崎産業のCEOである篠崎賢吾《けんご》、あるいは彼の義理の弟で自由民権党所属の参議院議員の篠崎慎吾《しんご》であった。その他にも、賢吾の息子で篠崎興産の社長である篠崎雅人《まさと》など、いずれも慎吾の地位を利用して政府与党とパイプがある。

藤森は沙羅が篠崎家の関係者かと外崎の前で成田に尋ねたらしい。その数日後に藤森と成田が相次いで死亡したというのだ。

藤森が亡くなった直後、外崎は自宅近くの交差点でトラックに轢《ひ》かれそうになった。身の危険を感じた外崎は警察を辞職し、実家にも連絡を入れずに東京を離れたそうだ。以後、地方を転々としていたが、ほとぼりが冷めたと思い三年前に知人を頼りに志木に移り住んだらしい。


神谷は裏通りを抜けて駐車場に入った。

ジープ・ラングラーの前に二人の男が立っている。山口と、神谷が気絶させた若い男だ。

「お疲れ様です」

山口と若い男が、揃って膝に手を当てて頭を下げた。まるでヤクザの幹部のお出迎えである。

「何の用だ？」

神谷は周囲を窺い、二人を交互に見た。ヤクザに頭を下げられることほどばつが悪いことはない。

「すみません。お伝えしたいことがありまして、お待ちしておりました」

山口はポケットから名刺を出して渡してきた。

「丹波朔太郎《たんばさくたろう》？」

名刺を見て神谷は首を捻った。総合探偵事務所オリンポスの調査課・丹波朔太郎と名刺には記載されている。総合探偵事務所オリンポスは、業界でも大手だ。

「丹波って野郎が、五日ほど前にセクシーゾーンのことを嗅ぎ回っていたんです。それで、捕まえてシメたんですが、ゲロは吐きませんでした。念のために名刺だけ抜き取っておいたのです。私らは神谷さんが、オリンポスの関係者かと思ったんですよ」

山口は上目遣いで説明した。

「そのことを外崎に知らせたのか？」

神谷は山口に尋ねた。

「もちろんです。そのためにガーディアン・フィーをもらっていますから。これでもASLOOKの準社員なんですよ」

山口は平然と答えた。株式会社ASLOOK警備保障は、木龍が創設した警備会社である。正社員は数十名と聞いていた。準社員とは、社外の構成員で末端の組員なのだろう。

「外崎は、それで異常に怯えていたのか」

神谷は苦笑した。ガーディアン・フィーとはみかじめ料のことに違いない。ガーディアンは英語で守護者、あるいは保護者のことである。とはいえ、ASLOOK警備保障と飲食店が合法的に契約を結んでいるのだろう。山口は「心龍会」を名乗って粋がったが、末端の組員にはまだまだ社会人としての教育が必要らしい。

「そういうことか」

神谷は頷くと、名刺をポケットに仕舞った。

4・五月十四日PM6：20

午後六時二十分。911代理店、食堂兼娯楽室。

神谷は賄いのチキンカレーライスを食べている。

新座市からの帰路が渋滞《じゅうたい》で時間が掛かり、三十分ほど前に帰って来た。自室に戻る前に岡村《おかむら》に篠崎家に関する報告をした後、玲奈と打ち合わせをと思って部屋を訪ねたところ夕食が先だと言われたのだ。

「このカレー、絶品ね。社長、やるなあ」

斜め向かいに座る玲奈が、カレーに舌鼓を打った。これまで彼女は自室以外で食事をすることはめったになかったが、この数日の間、賄いを食べることが楽しみになったらしい。もっとも岡村の料理の腕がいいことが大きな要因だろう。

「神谷さん。あっ！」

食堂にレジ袋を手にした貝田《かいだ》が入るなり、玲奈に気付いて叫び声を上げた。賄いの夕食は午後六時以降なら自由に食べていいことになっている。

玲奈は出入口に背を向けており、貝田の登場に眉をぴくりと上げたが、黙々と食べていた。朝から起きるようになり、部屋から出ることも増えたため、神谷以外の社員に遭遇することもある。だが、以前に比べて感情を爆発させることは少なくなったらしい。

「一緒に食べればいいだろう?」

神谷は玲奈の反応を見ながら、呆然と立ち尽くしている貝田に言った。

「あっ、あのお」

貝田は口籠った。沙羅が失踪してから五日経つ。貝田は慣れるどころか、以前にもまして玲奈を恐れているようだ。

「おまえ、ひょっとして、大久保《おおくぼ》通り沿いのトンカツ屋でテイクアウトしてきたんじゃないのか? なるほど、カレーライスにトッピングするつもりだな」

神谷はレジ袋から透《す》けて見える「トンカツ」の文字を指差した。

「トンカツ?」

玲奈がスプーンの手を止めて振り返った。

「ひっ!」

貝田が慌ててレジ袋を背中に隠した。

「一人でカツカレーを食べるつもりだったのか?」

玲奈が凄んだ。神谷からは見えないが、鬼の形相をしているに違いない。

「とっ、とんでもございません。みなさんのカレーにトッピングしたらいいかなと思って買って来ました」

貝田は慌ててキッチンに入り、大皿にトンカツを盛り付けてテーブルに載せた。二枚のロースカツが、カットされている。さきほどの狼狽《うろた》えぶりから察すると、二枚とも一人で食べるつもりだったに違いない。

「貝田。見直したぞ」

玲奈が珍しく笑みを浮かべると、箸で二切れ摘んでカレーライスに添えた。

「ありがとうございます」

貝田は両手を腰に当てて笑った。玲奈に褒められた経験がないだけに得意げである。

「それじゃ、遠慮なく」

神谷も二切れ取った。貝田はどう見ても脂肪肝《しぼうかん》である。トンカツを二枚も食べるべきではない。

「僕は、どこに座ろうかな」

貝田はキッチンに入って皿にご飯とカレーをよそいながら呟いた。

「テーブルは満席だ」

玲奈が鋭い視線で貝田を睨みつける。テーブルには四つの椅子が置かれており、予備の椅子もあるが、基本は四人席なのだ。

「……ですよね。おおっと、カウンターが空いていた」

貝田は玲奈の視線に両眼を見開き、カウンターに自分の皿を置いた。

「トンカツ、持っていきな」

玲奈はさらに一切れトンカツを摘んだ。トンカツの残りは一枚分の五切れになった。

「あっ、ありがとうございます」

貝田は恨めしそうな目でトンカツの皿を受け取り、神谷らに背を向けスツールに腰を下ろした。ひと回り小さくなったように肩を落としている。カレー皿をトンカツで埋めたかったのだろう。

「今夜、また、診察をしてもらうか迷っている」

玲奈はトンカツを頬張りながら唐突に言った。

「もう少し、時間を空けた方がいいと思う。体調はどうなんだい？」

神谷はスプーンを置いて聞き返した。宮園《みやぞの》から沙羅は母親のことが原因で殻に閉じ籠っているため、サナエが覚醒しやすい状態だと聞いている。最悪、玲奈も冬眠状態になり、サナエの人格だけ表に残ってしまうことを神谷は恐れていた。

「体調なら、大丈夫。目覚めてからずっと考えたの。私の存在価値を」

玲奈もスプーンを置いて答えた。

「存在価値？」

神谷は首を傾げた。少し離れているが、貝田は咀嚼音《そしゃくおん》も立てずに食べている。会話をしっかりと聞いているのだろう。込み入った話を貝田がいるところでするとは意外である。

貝田を目の敵《かたき》にしているようで、玲奈は仲間として認めているのかもしれない。

「私は沙羅を守るために生まれたことを今は自覚している。〝安倍野学園〟と〝新緑寮〟

で孤立していた沙羅の苦痛を私は引き受けていた。だから、それ以前の記憶はないの。サナエは、親の虐待から沙羅を守るために生まれたんだと思う。私よりもはるかに大きな苦しみや痛みに幼いサナエは耐えたはず。そう思うと、彼女に対して憎しみや恐れはもうないの」

玲奈はしんみりと答えた。

「確かにそうかもしれない。沙羅は八歳の時に警察に保護されたんだが、身体中に打撲によると思われる痣があったそうだ。その苦痛をサナエが引き受けていたのかもしれない。幼い沙羅ではとても耐えられなかったのだろう。サナエは突っ張っているけど、八歳の女子なんだよ」

神谷は外崎からの話を改めて彼女に話した。

「なっ、なんて、かわいそうな……」

突然貝田が肩を震わせて泣き始めた。

「えっ？」

玲奈が両眼を見開き、貝田の背中を見つめている。

「沙羅ちゃんは、とっても優しい人なのに、なんでそんな苦労をしなくちゃいけなかったんですか？　世の中、不公平でしょう」

貝田は涙声で言った。この男は警察に爆弾魔として捕まったが、人を傷つけるつもりではなかったそうだ。純粋な好奇心で物作りをするうちに、たまたま爆弾に興味をもったというだけかもしれない。

会話は途切れ、誰しも黙って食事をした。貝田はしばらく子供のように泣いていたが、気が済んだのか猛烈な勢いでカレーを食べてお代わりまでしている。

「やっぱり、今日、診察を受けるわ。私だけこんな美味しいカレーを食べているのは気が引けちゃう。沙羅を一刻も早く救い出したい」

玲奈は立ち上がって食器を片付けた。

「尾形《おがた》さんには、私から連絡をしておくよ」

神谷もキッチンの流しで皿を洗いながら言った。

「ありがとう」

玲奈は神谷に軽く頷くと、貝田の肩を叩いて食堂を出て行った。

5・五月十四日PM8：56

午後八時五十六分。

玲奈は三〇六号室の電動リクライニングチェアに座っていた。

部屋の設備は昨日のままで、近くに神谷が待機しているのも同じである。

「いつでもいいわよ」

玲奈はペットボトルのコーラを一口飲むと、チェアの足元にボトルを置いた。

神谷は彼女の右人差し指に心拍センサを嵌めると、パソコンデスクの椅子に座った。右側のノートPCに表示されている心拍計の波が乱れている。かなり緊張しているようだ。

「私がついている。大丈夫だよ」

神谷は優しく言った。

「ありがとう」

玲奈は深呼吸をした。すると、波形は一定になり、脈拍数も減ってきた。

「おはようございます。ドクター・宮園。よろしくお願いします」

神谷は左側のノートPCのモニターに映る宮園に言った。

——玲奈さん、おはようございます。昨日と同じく、私の質問に頷くだけで返事は結構です。それでは、正面のジミーを見てください。

宮園は淡々と言った。

頷いた玲奈は催眠導入機を見つめた。

催眠導入機のLEDライトがランダムに点滅する。

——さあ、星々がイルミネーションのように瞬きはじめたね。あなたは、夜空の草原にいます。

宮園の声に、物語の語り部のような感情が入った。口調を変えることで、本番に入ったということだろうか。

「綺麗」

玲奈は昨夜と同じくうっとりした表情になった。すでに催眠状態に入っているようだ。

――あなたの体は軽くなりましたね。それでは、宇宙の中心に行きましょう。

語り口調が、昨日よりもゆっくりとしている。宮園は昨日の診察で、玲奈の特性を研究したらしい。

LEDライトが規則正しく外側から内側にかけて点滅し、次第に速くなる。

玲奈は半目になった。意識の深層部に入ったようだ。

ライトは遅いテンポになる。

――あなたは、意識の源に到着しました。あなたは玲奈さんですね？

「私は玲奈」

玲奈は、小さく頷いた。

――それじゃ、散歩しましょう。

宮園は明るい声で言った。


玲奈は夜空を見上げた。星が瞬いている。

昨日と違って、サナエと会う目的があった。

沙羅に直接会おうとすると、体が動かなくなるか、最悪雷に打たれたような衝撃を受けることは、神谷を介して宮園に伝えた。人格を形成している脳の領域が違うため意識下であっても接触は出来ないかもしれないと、宮園は自信なさげに答えたそうだ。沙羅のような解離性同一性障害は症例が極めて少ないため、宮園も戸惑っているようだ。

玲奈とサナエは極めて近い脳の領域に形成されているため、接触が出来るらしい。そのため、サナエも沙羅には近付けない可能性が高いようだ。玲奈がいくら頑張っても沙羅に直接会って、彼女を表の世界に引き戻すことは困難なのだろうか。

宮園は玲奈に、サナエに会って彼女の記憶の領域に侵入するという提案をした。玲奈がサナエの領域にアクセスすれば、沙羅も思い出せない過去の記憶を手に入れることが出来るかもしれない。過去を解明すれば、沙羅へのアクセス方法が見つかる可能性もある。また、母親を見つけ出すための手掛かりも得られるだろうということだ。

——周囲を見てみようか。

宮園の声が聞こえる。玲奈の反応が悪いので、行動を促しているのだろう。

「分かった」

玲奈はゆっくりと体を回転させてみた。だが、周囲には誰もいないらしい。前回は歩いていると沙羅を発見し、その後でサナエが出て来た。

「そうか」

玲奈は歩き始めた。周囲の暗闇に変化はないが、不安は覚えない。なぜか温かみを覚えるのだ。

あてもなく歩いていると、ピンクの水玉模様のワンピースを着た少女に再び出会った。背を向けて立っていたので、沙羅かサナエかは分からない。沙羅の場合、下手に近付くとまた気を失う可能性がある。

「あなたは、誰？」

玲奈は少女から数メートルの距離を空けて声を掛けた。

少女は振り返った。眉間に皺を寄せて玲奈を睨みつけている。

「あなたは、サナエね」

玲奈は優しく言った。

「なんだよ」

サナエは、腕組みをして横柄《おうへい》な口を利いた。

「沙羅のことを知っている？」

玲奈は苦笑した。人にキレることはあっても、その反対はあまり経験がない。

「知らない。誰？」

サナエは玲奈から視線を外した。サナエは沙羅の別人格であり、他の人格と記憶を共有していない。そのため他の人格を認識しないのは当然である。神谷や岡村のように信頼できる第三者から指摘を受けない限り、自分の中に別人格があることを知ることはできない。

「私たちにとって大切な姉妹」

玲奈は人差し指で、自分とサナエを指した。

「私に姉妹はいない」

サナエは首を振った。

「私の顔をよく見て。あなたとそっくりでしょう」

「……本当だ」

サナエは玲奈の顔をまじまじと見て、目を丸くした。これまで彼女は玲奈を見ているようで、視線をずらしていたらしい。他人と視線を合わせるのが嫌なのだろう。

「あなたのことを知りたい。辛い思いをたくさんしたんでしょう？」

玲奈はサナエを無視して質問を続けた。彼女の態度は良くないが、養護施設にいた頃の自分を思い出した。幼い頃の自分を見ているようだ。

「嫌なことなら一杯経験した」

サナエは険しい表情で答えた。

「私があなたのことを知れば、きっと沙羅を助けることが出来るはず。お願い協力して」

玲奈はサナエに近付いて頼んだ。

「……それじゃ、私の家に来る？」

サナエはしばらく考え込んだ末に答えた。

「家に連れて行ってくれるの。ありがとう」

玲奈は満面の笑みを浮かべた。

「こっち」

サナエの声のトーンが下がった。気乗りはしないようだ。

「無理言ってごめん」

玲奈は柄にもなく謝った。

サナエが反対方向に歩き出した。すると、周囲の闇から抜けていき、いつの間にか大きな屋敷の庭に二人はいた。サナエの記憶の領域に入ったようだ。

屋敷は大屋根の二階建てで、百坪ほどの庭は楓《かえで》や楠《くすのき》などの樹木に囲まれている。

「大きな屋敷。あんた、金持ち？」

玲奈は屋敷を見上げて首を傾げた。サナエが着ているワンピースは、ところどころ綻《ほころ》び色も褪《あ》せている。金持ちだとは思えないのだ。

「屋敷に住んでいる奴は、大金持ち。私の家はここじゃない」

サナエは、俯《うつむ》いて歩いている。

玲奈は屋敷の外観を頭に焼き付けるように見ながらサナエに従った。

雑木林のような庭木を抜けると、日当たりの悪い場所にプレハブ小屋が建っていた。

「ここ」

サナエは、小屋のアルミサッシのドアを開けた。小屋の中は青白く光っており、サナエは中に入って光を浴びると消えた。

「えっ」

玲奈は一瞬たじろいだが、大きく頷くと小屋に入った。体に青白い光がまとわりつく。

途端に頭の中に様々なイメージが猛烈な勢いで流れ込んできた。

「うっ！」

玲奈は頭を抱えて叫んだ。

「いかん！」

神谷は立ち上がった。心拍モニターの波形が乱れ始めたのだ。

玲奈は両手を握りしめ、首を左右に振っている。

――玲奈さん。私が三つ数えて手を叩いたら目を覚ましてください。3、2、1。

宮園も心拍モニターで異常を察知したのだろう。彼は手を叩いたが、玲奈は目を閉じたままだ。

――神谷さん。玲奈さんを直接起こしてください。

宮園の声がイヤホンから響く。

「玲奈。起きるんだ。玲奈」

神谷は玲奈の肩を軽く揺すった。

玲奈は両眼を見開き、瞳だけ動かしている。

「待てよ」

神谷は彼女から離れた。目覚めたのは玲奈とは限らないのだ。

「私よ」

眉を顰めた玲奈は、大きな息を吐き出した。

6・五月十四日PM9：20

午後九時二十分。三〇五号室。

玲奈はパソコンのキーボードを叩き、一心不乱にテキストを打ち込んでいる。

神谷は、作業エリアのソファーに座って玲奈の進捗《しんちょく》を見守っていた。いなくてもよさそうだが、彼女から側にいて欲しいと言われたのだ。平静を装っていても、不安を感じているのだろう。

催眠治療を終えてから、玲奈は宮園のカウンセリングも受けている。彼女からの話を聞き終えた宮園は、玲奈がサナエの記憶領域に入ったと推測した。そこで、サナエから得た情報を出来るだけ、書き出すように言われたのだ。

「もうやめた」

玲奈が突然立ち上がり、神谷の前を通り過ぎてプライベートゾーンに入って行った。

神谷は玲奈を目で追ったが、動くことはない。

ＩＱ１７０の頭脳は常にベストを求めている。常人からすれば、それが気ままに動いているように見えるのだ。

玲奈は缶ジュースを手に自分の席に戻り、一つを神谷に投げ渡した。

「さっきの治療で、私はサナエの家に行った。すると彼女の記憶が得られた。だけど、彼女は八歳だから記憶は断片的で、しかも限定的だった。そのうえ悲惨《ひさん》。サナエは沙羅が虐待される時に現れる人格だから、繰り返し虐待される記憶ばかり。唯一の手掛かりは、彼女が住んでいた家の記憶ね。でも、十六年前の家の外観だけじゃ、どうしようもない。それでも、記憶の断片で得られた情報を書き出したけど。意味があるとは思えない」

一気に話すと、溜息を吐いた。

「君がマッカランの十八年ものの香りで刺激を受けた時に、ぼやけた記憶があると言っていたが、それが埋められたんじゃないかと思ったんだけど」

神谷は受け取った缶ジュースを見て、右眉を吊り上げた。玲奈が嫌っていたトマトジュースなのだ。冷蔵庫は沙羅と共有なので、彼女のストック分なのだろう。

「母親以外に彼女の記憶に二人の人物がいつも出てくる。一人はあのマッカランの匂いがする若い男。それと顔のきつい女。この二人も沙羅を虐待していたみたい。でも情報量が少なすぎて今は抽象的なイメージ。それより、今日、外崎という元警官を調べて来たんでしょう?」

玲奈は缶ジュースのタブを開き、美味そうに飲み始めた。

「役に立つかどうか分からないけど、情報は得たよ」

神谷は缶ジュースを彼女の目の高さまで掲げて飲んだ。トマトジュースを飲むのは健康的でいいことだと言いたいのだが、それでは機嫌を損ねるだろう。

「えっ?」

玲奈は神谷の缶ジュースを見た後右手の缶に目をやり、床に落とした。かなり動揺している。トマトジュースを飲んでいることに気付いていなかったらしい。

「大丈夫かい？」

神谷は彼女が落とした缶ジュースを拾った。

「ひょっとして、人格の同化が始まっているのかもしれない」

玲奈は震える声で答えた。

「人格の同化？」

神谷は拾った缶ジュースを握り潰した。

「沙羅は表に出てこられない、あるいは出てこない状況だと思う。だけど、時間が経つうちに私の中に、沙羅の習慣や考え方が少しずつ出て来ている。彼女は徐々に私の中に吸収されているの」

玲奈は椅子に腰を落とすように座った。

「参ったな。まさに時間勝負だな。お互いの情報を交換しよう」

神谷は外崎から得た情報を話した。

「篠崎家？」

玲奈は椅子を回転させてパソコンのモニターに向かった。

「そうね。……それと」

独《ひと》り言《ごと》を呟くと、いきなりキーボードを叩き始める。彼女はプログラミングをしているらしく、パソコンのモニターにコマンドテキストが恐ろしいスピードで表示されている。

いつものことだが、彼女の作業が終わるまで声は掛けられない。それに、勝手に部屋を出ていけば、彼女の機嫌を損ねる。

「出来た」

数十秒後、玲奈はリターンキーを叩いた。

メインモニターには、プログラムが表示され、五つのサブモニターには様々な画像が現れては消える。自動で画像検索をするプログラムに手を加えたようだ。

三十秒ほどで、サブモニターに表示された家の画像が吸い寄せられるようにメインモニターに表示され、数秒ごとに画像が増えていく。

「これよ。これ」

玲奈はメインモニターに映し出された大きな屋敷の写真を指差した。

「説明してくれないか」

神谷は立ち上がって玲奈の隣りに立った。

「サナエの住んでいた家を探すのに、キーワードが必要だった。それが政財界に繋がる『篠崎家』だったというわけ。ただの『篠崎家』じゃ駄目だったの」

玲奈はキーボードで新たな検索をし、右のサブモニターに地図を表示させた。

「北区《きた》西ケ原《にしがはら》？　誰の家だったんだ？」

神谷は地図上にあるポイントの住所を読んだ。衛星写真では大規模な工事現場になっている。屋敷は取り壊されたらしい。

「篠崎賢吾」

玲奈は鼻息を漏らした。

沙羅《さら》の秘密

1・五月十四日PM9：30

五月十四日、午後九時三十分。911代理店。

神谷《かみや》は食堂兼娯楽室の100インチテレビの前に立っていた。

岡村《おかむら》はいつものカウンターのスツールに腰を下ろしている。貝田《かいだ》と尾形《おがた》と外山《とやま》は、テレビが見えるようにテーブルの反対側に椅子を寄せて座っていた。

「まず玲奈《れいな》の現状報告からです。彼女の感覚的なものですが、人格の同化が始まっているそうです。怠惰《たいだ》に時間の経過を許せば、沙羅《さら》は玲奈に吸収されてしまう恐れがあります」

神谷は険しい表情で言った。

「本当か！　尾形くん、どう見る？」

岡村は口を開いた途端、咥《くわ》えていた電子タバコを落とした。

「人格の同化？　解離性同一性障害の症例は、米国で多く報告されています。遅ればせながら私も勉強していますが、別人格の消滅は聞いたことがあります。勉強不足なので、同化というのは知りません。前も言いましたが、基本の人格が無くなって後天的な別人格になってしまうことは、通常では考えられません。ただ、沙羅ちゃんが、恐怖の対象である母親から接触があり、現実世界では生きていけないと絶望したとしたら分かりません。精神的に強い玲奈さんに自ら同化しようとしているのかもしれませんね」

尾形は沈痛な表情で答えた。

「明日、また宮園《みやぞの》先生に治療をお願いしよう」

岡村は腕組みをして言った。

「すみません。私がわざわざこんな時間にみなさんを招集したのは、一分一秒でも惜しいからです。明日の治療を待っていられません。待ったなしなんですよ」

神谷は険しい表情で岡村を睨みつけた。

「落ち着きたまえ。我々に今できることがあるのかね？」

岡村は困惑した表情で首を捻った。

「玲奈は、今日の治療でサナエと接触し、情報を得ています。そこから、彼女は沙羅と母親が住んでいた家を割り出しました。現在は高級マンションの建設現場になっています。土地所有者は、篠崎賢吾《しのざきけんご》で、マンションを建設しているのは、篠崎産業でした」

神谷は自分のノートPCをテレビに接続して北区の地図を表示させ、画面の半分に衛星写真も載せた。

「一時は、自由民権党のフィクサーとも呼ばれたあの篠崎賢吾か。数年前に引退したと聞いた。賢吾の正妻は、十六年前に死んでいるが、沙羅くんの母親は、ひょっとして篠崎の妾《めかけ》だったかもしれないな。正妻がいる屋敷の片隅に建てられたぼろ家に住んでいたというのなら、最悪の環境で沙羅くんは育ったに違いない」

岡村は気難しい顔で言った。

「篠崎賢吾が、南青山《みなみあおやま》にある青山総合病院に入院していることは、玲奈が突き止めました。母親の情報は、賢吾本人から直接聞くほかないと思います」

神谷は尾形と外山を交互に見た。傍で貝田が自分を指差して瞬きをしている。

「病院に潜入するつもりか？」

岡村は眉を吊り上げた。

「準備でき次第」

神谷は即答した。

「……分かった。こころ探偵事務所にも助っ人を頼んだ方がいいんじゃないのか？」

岡村は渋々認めた。貝田がまだ自分を指差しているが、とりあえず無視だ。

「こころ探偵事務所には、総合探偵事務所オリンポスの丹波《たんば》という男を見つけ出すように頼んであります」

神谷は丹波が誰の依頼で外崎《そとざき》を嗅ぎ回っていたか気になり、新座市を出る前に木龍《きりゅう》に依頼してある。外崎を調べていたのは、真江《さなえ》か沙羅の所在を知りたかったからだろう。

「それなら、せめてＡＳＬＯＯＫ警備保障にサポートを頼んでくれ。秩父で三人組に襲われたことを忘れたのか？　もし、君が頼まないのなら私から正式に要請する」

岡村は強い口調で言った。会社の警備はＡＳＬＯＯＫ警備保障と年間契約をしている。オプションで個人の警備も要請できる契約になっていた。

「分かりました」

神谷は不満顔で答えた。木龍は好人物だとは思うが、所属している組織の母体が暴力団という事実がいつも引っ掛かっているのだ。木龍とは貸し借りなしの関係でいたいのだが、ここのところ頼み事が多いので気になっていた。

「作戦はあるのか？」

岡村はスツールを下りて尋ねた。

「私と尾形さんと外山さんの三人で潜入し、貝田は車で待機。玲奈にはセキュリティを切断するなど、サポートを頼みます」

神谷は病院の見取図をテレビに表示して説明した。玲奈はすでに病院のサーバーをハッキングし、情報を得ている。

「僕も病院に潜入した方が役に立つと思いますが」

貝田は自分がのけものにされたとでも思っているのだろう。

「私と尾形さんは、医師役。外山さんは警備員に扮して潜入します。ＡＳＬＯＯＫには、敵対する連中が出た時に対処してもらいます。貝田、おまえは車で待機し、いざとなったら逃走時の足となるんだ」

神谷は、仲間に指示した。神谷と尾形は病室に潜入し、外山は廊下で見張りをする。それ以上の人数はいらない。逃走の足は重要である。

「逃走時の足？」

貝田は首を捻った。

「不満か？」

神谷はじろりと貝田を見た。

「ラジャー！」

貝田は立ち上がって敬礼した。

2・五月十四日PM10：15

午後十時十五分。

ジープ・ラングラーが外苑《がいえん》東通りから青山一丁目交差点を右折し、青山通りに入る。

「ここでいい」

助手席の神谷は路肩を指差した。

「ラジャー」

ハンドルを握る貝田は、2ブロック先で車を停めた。今回は科学忍者隊になりきることに決めているらしい。

この近くに青山総合病院がある。近代的な医療設備が整っており、病室は全て個室という特殊な病院である。病室は高級ホテル並みの料金で一般市民は対象にしていない。主に政財界の大物や芸能人が利用しており、青山墓地が近い閑静な住宅街にある。

「行ってきます」

警備員の制服を着た外山が後部座席から下りて、走り去った。彼は先に病院に潜入する。

「未確認車両、接近」

バックミラーを見た貝田が真顔で言った。

白のベンツが後ろに停まり、助手席からＡＳＬＯＯＫ警備保障の中森拓郎《なかもりたくろう》が降りてきた。ＡＳＬＯＯＫ警備保障は様々な社用車を持っているが、ベンツもその一つで南青山ならかえって目立たない。

「駆り出してすまないね」

神谷も車を降りると、中森に軽く手を上げて労《ねぎら》った。

「とんでもありません。いつもお世話になっている岡村社長からの要請ですから」

中森は頭を下げると、笑みを浮かべた。

「これから、私と尾形で病院に潜入する。無線のチャンネルを合わせよう。チャンネル３でいいかな」

神谷はポケットの無線機を出した。９１１代理店の装備は、ＡＳＬＯＯＫ警備保障と同じものが多い。ＡＳＬＯＯＫ警備保障が新規に購入する装備は、機械オタクの貝田が性能試験しているからである。

「了解です。とりあえず、十人の部下を病院の近くに配置してあります」

中森は自分の無線機を使って、部下にチャンネル3に設定するように命じた。

「君のボスから聞いているかもしれないが、相手は殺人も厭《いと》わない連中だ。気を付けてくれ」

神谷が中森の肩を軽く叩いた。

「了解しました」

中森は頷くと、自分の車に戻った。

――こちら、コンドルのジョー。ガッチャマン、応答願います。

貝田から無線連絡が入った。車から顔を出せば済むことだが、わざわざ無線機を使ってきた。

「こちらガッチャマン。どうぞ」

神谷は無線に答えて舌打ちをした。これで無線のコードネームは、科学忍者隊の名前を使うことになってしまうのだ。無線はＡＳＬＯＯＫ警備保障でもモニターしているので、本当にやめて欲しい。

――感度良好。作戦の成功を祈る。

貝田はコードネームを使って無線連絡をしたかっただけだろう。

「行きますか」

尾形は神谷に白衣などの小道具が入った紙袋を渡してきた。

数十メートル先で路地に曲がり、百メートルほど歩いたところで神谷は尾形の腕を引っ張り車の陰に隠れた。

「どうしたんですか？」

尾形は小声で尋ねた。

「病院の前に停めてある車に人がいる。不自然だろう、こんな時間に？　こちら神谷。中森、応答せよ」

神谷は無線で中森を呼んだ。建物の中央に正面玄関があり、右手に救急出入口がある。建物の前も駐車スペースになっており、夜間のためシャッターが下りているが左手には地下駐車場の出入口があった。

正面玄関のすぐ脇の駐車スペースに二台の白のセダンが停められており、人が乗っているのだ。暗いためよく見えないが、一瞬、車内で影が動いた。

――こちら中森。どうぞ。

「病院の正面玄関前に部下は配置しているか？」

――いえ。正面玄関前には配置していません。

「分かった。ありがとう。こちらガッチャマン。アンダーソン長官、応答願います」

神谷は中森との無線連絡を終えると、外山を呼び出した。

――こちらアンダーソン、どうぞ。

外山が声を潜めて答えた。病院にすでに潜入しているのだろう。

「病院の正面に見張りをしている奴がいるが、知っていたか？」

神谷は白のセダンの様子を窺いながら尋ねた。彼が気付いていたら報告があるはずだ。

――私は隣接するビルから潜入しました。すみません。病院前の状況は知りません。

外山が天才的なスリで、泥棒として潜入のプロということを忘れていた。セキュリティの穴を見つけ、出入口以外から病院に入ったのだろう。

「正門以外の潜入口は、ないかな？」

神谷は苦笑しながら尋ねた。

――それなら、私の潜入路がいいですよ。隣りのマンションの八階から病院の屋上に飛び降りるのが一番簡単です。落差は一・八メートル、建物との隙間は二・四メートルです。受身を取れば、怪我はしません。屋上に警報装置やセンサーはありませんので、潜入は楽ですよ。

外山は淡々と答えた。

「私は出来るが……。他に方法は？」

神谷は舌打ちをした。尾形にはとても無理な話である。

――地下駐車場に職員用通用口がありますが、今の時間帯は閉まっています。正面玄関から堂々と入ることができれば、いいんですけどね。

「それができればな」

神谷は尾形を見て溜息を吐いた。病人の篠崎賢吾を尋問するのに、尾形の話術がどうしても必要なのだ。それに彼はカルテが読める。賢吾の病状も知りたかった。

――こちら中森です。堂々と病院に入る方法を思いつきました。

中森からの無線である。無線は全員がモニターしているのだ。

「詳しく説明してくれ」

神谷は中森の話に耳を傾けた。


午後十時四十分。

青山総合病院の救急出入口の前に黒のベンツSタイプが停まった。

助手席から降りた尾形が、後部座席のドアを開けて頭を下げた。すると、サングラスを掛けた神谷が、木龍を支えながら降りてきた。

「木龍様。お待ちしておりました」

病院の救急出入口から白衣の医師と車椅子を押す看護師が現れた。

青山総合病院は、心龍会の幹部の掛かり付けとして指定されている。木龍は定期的に健康診断をこの病院で行っていた。中森は木龍が仮病で入院すれば、問題なく病院に入れると提案したのだ。もっとも、彼の立場で木龍に言えるはずもないので、神谷が頼んでいる。

神谷と尾形は青山通りで木龍の乗ったベンツに乗り込んだのだ。

正面玄関前に停められたセダンから視線を感じる。やはり、見張りをしているようだ。

だが、医者が出迎えているので、問題はないと思うだろう。

「副院長。出迎えすみません。今日は遅いから、直接病室に案内してくれませんか」

木龍は出迎えた医師に挨拶すると、車椅子に座った。すかさず神谷が看護師と代わって車椅子を押す。

「了解しました。警護の方はそのまま付き添いをされますか？」

副院長は、引き攣った笑顔で尋ねた。神谷と尾形も眉間に皺を寄せて凶悪な顔に見せているので、怯えているのだろう。

「もちろんです」

木龍は低い声で答えた。

3・五月十四日PM10：55

午後十時五十五分。青山総合病院七階。

白衣を着た神谷と尾形は、木龍の病室を出た。木龍は至って健康なため、ベッドで本を読んでいる。この時間、基本的に読書タイムらしい。

二人はエレベーターホール脇の階段室に入った。

「こちらガッチャマン。アンダーソン長官、どうなっている？」

神谷は外山に無線で尋ねた。外山は警備員室にいるはずだ。

――アンダーソンです。警備員室は制圧。ターゲットは、六〇八号室です。これからカルテ保管庫に行きます。

外山からの連絡だ。貝田が作った麻酔ガス発生器で、警備員を眠らせることになっていた。夜間の警備員は三人と聞いている。ターゲットは篠崎賢吾のことだ。また、監視映像は玲奈のハッキングで、ループ映像と差し替えてある。

階段室から六階に出た神谷は左右を確認すると、廊下に出た。尾形は二階まで下りてカルテ保管庫で外山と合流する。神谷は先に篠崎の病室に向かって安全を確認することになっていた。この病院のカルテは電子化されておらず、紙で保管されるらしい。そのため、玲奈でも手が出なかった。

神谷は廊下を右に進み、篠崎賢吾と名札がある六〇八号室に音もなく入った。

消灯時間だが、フットライトと出入口近くの間接照明が点灯している。室内に護衛や付き添いはいない。

三十平米近い広さがあり、手前は応接室のようにソファーベッドとテーブルがある。出入口の右手に流しがあり、冷蔵庫が置いてあった。

奥の窓際のベッドには、点滴をされている白髪の男が眠っている。事前に写真で見た篠崎賢吾と違い、頬がこけて別人のようだ。

ドアが微《かす》かにノックされた。

「まずい」

神谷はベッド脇にある木製ロッカーの陰に隠れた。玲奈が院内の監視カメラの映像を見ているはずだが、無線連絡はなかった。

ロッカーの陰から出入口を見ると、尾形が部屋の中を覗いている。

すよ」

神谷は足音を忍ばせて廊下に出た。

「階段の途中で外山さんと会いました。すでにカルテを手に入れていたんです。さすがで
すよ」

尾形は小声で手にしたカルテを見せた。

「病名はなんですか？」

神谷も囁《ささや》くような声で尋ねた。

「全身に癌《がん》が転移していますね。ステージ5です。年齢も七十四歳ですし、余命一ヶ月も
ないかもしれませんね」

尾形はカルテを見て眉を顰めた。

「尋問して大丈夫か？」

神谷は首を傾げた。

「大丈夫だと思います。ただ、オピオイド系の鎮痛剤を打っているようなので、まともに
口が利けるかは分かりません。あるいは、薬のせいで尋問しやすい状態かもしれません。

回診という設定にしましょう」

尾形は首を横に振ると、病室のドアを開けた。

「篠崎さん。回診の時間ですよ」

神谷は先に入室すると、賢吾の耳元で言った。

「……もう朝か？」

賢吾は弱々しい声で尋ねた。

「おはようございます。新しく赴任《ふにん》した医師の戸倉《とくら》と申します。私は患者を診察し、新薬の使用が可能か調べます。新薬は記憶力の減退を招きますので、現段階で記憶力が落ちていると残念ながら使えないのです」

尾形はカルテを見ながら、篠崎にもっともらしく言った。

「新薬を使えば、治るのか？」

賢吾が両眼を見開いた。

「欧米では生存率が八十パーセントと言われています。ただし、アルツハイマーなどの症状がある患者さんには使用が出来ません」

尾形は大きく頷いて見せた。

「私はボケ老人じゃないぞ。なんでも聞いてくれ」

賢吾ははっきりとした口調で言った。

「質問はご家族から得られた情報をもとに構成されています。そのため、かなりプライベートなお話になると思いますが、あらかじめご了承ください。また、篠崎様がお答えになった内容は決して外部に漏れませんので、ご心配なく」

尾形は神谷と反対側に立って言った。

「説明はもういい。さっさとはじめてくれ」

賢吾は声を荒らげた。余命僅かと悟っているらしい。新薬と聞いて興奮しているようだ。

「それでは、以前北区西ケ原のお屋敷に住んでいた加賀《かが》真江さんとの御関係は記憶されていますか？」

尾形は淡々と尋ねた。

「いきなり、厳しい質問だな。あれは本当に美しい女だった。真江がまだ十八、九のときに秘書の菊池《きくち》惣蔵《そうぞう》が、連れてきたのだ。私は一目で気に入って、秩父の横瀬《よこせ》に建てたばかりの別荘に囲っていたのだが、女房にバレて別荘まで取り上げられてしまった。女房は五黄《ごおう》の寅《とら》年生まれで、鬼のようにきつい性格をしていた。あいつが死んだ時は本当にせいせいしたよ」

賢吾の呼吸が荒くなった。話すとかなり疲れるらしい。

「ゆっくりでいいですから、休みながらお話を続けてください」

尾形は優しく促した。

「女房は真江を母家《おもや》じゃなく、庭の倉庫に住まわせたんだ。私は女房の目を盗んで真江に会っていたが、ある日、真江は家から逃げ出していなくなった。女房と息子が酷い目に遭わせていたらしく、耐えられなくなったのだろう」

賢吾は前よりも大きな溜息を吐いて、口を閉じた。

「真江さんが、倉庫に住むようになったのは、いつごろのことですか？」

「二〇〇一年の春だ。その年は鈴木《すずき》一郎《いちろう》が、マリナーズでメジャーデビューをした年だ。よく覚えている。女房は、秩父の別荘では真江を管理できないと思ったらしい」

賢吾は眉間に皺を寄せて答えた。記憶力はかなりいいようだ。

「真江さんは、沙羅という女の子を産んだはずですが」

神谷は賢吾が沙羅の話をしないので、堪らず尋ねた。

「沙羅？　ああ、女房から生後一ヶ月で死んだと聞かされた。真江は美人だったので、生きていればさぞかし綺麗な女性になっていただろうな。菊池から生まれたと聞いて、すぐに認知するための書類を作らせた。女の子と聞いて私は小躍りしたよ。ひょっとしたら、あの鬼嫁に殺されたのかもしれない。本当に、可哀想《かわいそう》なことをした」

賢吾は目を閉じ、涙を流した。

神谷と尾形は顔を見合わせた。真江を妾にした篠崎に非はあるが、加賀親子を虐待していたのは、賢吾ではなく、女房の恵子《けいこ》と息子の雅人《まさと》だったようだ。玲奈が別人格のサナエから聞いていた「酒臭い男とババア」とは、この二人のことに違いない。

「真江さんが現在どこに住まわれているか、ご存じないのですか？」

尾形は耳元で尋ねた。賢吾が目を閉じたまま眠りそうなのだ。

「真江？　知らん。知っていたら私の手元に置く……」

賢吾は面倒臭そうに右手を振ると、イビキをかきはじめた。話をして疲れたようだ。

「ここまででしょうね」

尾形は神谷を見て首を振った。

「そうらしい」

神谷は鼻息を漏らして頷いた。

4・五月十四日PM11：30

午後十一時三十分。青山総合病院。

スーツ姿の神谷と尾形と外山は、救急出入口から外に出た。

篠崎賢吾を尋問した二人は、外山と合流するために一旦木龍の病室に戻っていた。木龍には、尋問した内容を教えて協力してくれたことに礼を言った。彼は明日朝に検診を受けてから帰るそうだ。たまに外泊するのも気分転換になると、屈託《くったく》なく笑っていた。

目の前にASLOOK警備保障のベンツが停まった。二人の男が車から降りてくると、神谷らに会釈し、病院に入って行く。神谷らと交代し、木龍の付き添いという名目で病室に行くのだ。

神谷が後部座席に乗り込むと、外山が運転席、尾形は助手席に座った。

「篠崎賢吾が最後の望みだったのに、残念です」

尾形が呟いた。

「いや、ヒントは貰った。秘書の菊池が鍵だ」

神谷はスマートフォンでメールを打ちながら言った。玲奈に菊池の所在地を探すように頼んだのだ。

「菊池は、賢吾の忠実な部下でしょう。だったら、真江の居場所を主人に教えていたと思いますよ」

　尾形は首を横に振った。

「そうかもしれない。だが、話を聞いて思ったんだが、有能で忠実な部下なら賢吾の妻から真江を守れたんじゃないかと思う。菊池は賢吾ではなく、篠崎家に忠実だったんじゃないのかな。そもそも沙羅の生存を賢吾に黙っていた。忠実な態度じゃない」

　神谷は首を捻った。

　車は青山通りに出ると青山二丁目交差点で右折し、都道414号四谷《よつや》角筈《つのはず》線に入る。四谷角筈線は神宮《じんぐう》外苑で一方通行の環状になっていた。

「尾行はなさそうですね」

　四谷角筈線を二周した外山は、バックミラーで後ろを窺いながら言った。尾行を確認するために、四谷角筈線に入ったのだ。

　外山は聖徳《しょうとく》記念絵画館脇に駐車してあるジープ・ラングラーの後ろに車を停めた。

　神谷らが車から降りると、ラングラーから中森と部下の猿渡《さるわたり》が車の陰から現れた。神谷らが病院を出たら尾行を確認し、絵画館側で彼らと落ち合うことになっていた。預けておいた車と交換するのだ。

「収穫は、ありましたか？」

　中森がすれ違いざまに尋ねてきた。

「僅かだが、まだ繋がっていると思う。助っ人ありがとう。木龍さんにもよろしく言ってくれ」

「神谷さん。板梨《いたなし》の件ですが、相変わらず動きはありません。神谷さんに港で現場を押さえられたことをビビっているのでしょう」

中森は改まって報告してきた。

「今はそっちに手が出ない。すまない」

神谷は頭を掻きながら謝った。仕事を途中で投げ出しているようで、いつも気にはしている。

「うちのボスが、うまい手を考えたようなんですよ。ですから、神谷さんは心置きなく篠崎さんのために動いてください。それから、オリンポス探偵社の丹波ですが、クライアントは篠崎慎吾でした」

中森は報告すると、笑みを浮かべた。いつもながら頼り甲斐のある男である。

「ありがとう」

神谷は礼を言うと、ラングラーの助手席に収まった。気休めかもしれないが、木龍が気を遣ってくれるのは素直に嬉しい。

「お帰りなさい」

運転席の貝田が嬉しそうに笑っている。

「おっ」

神谷はポケットで振動するスマートフォンを出した。はやくも玲奈からメールが届いたのだ。

「それでは基地に帰還します。バード、ゴー！」

貝田は左手の腕時計を頭上に掲げて叫ぶと、エンジンをかけた。コンドルのジョーに変身したらしい。車の運転だけでよほど暇を弄《もてあそ》んだのだろう。

「まだ、帰らないぞ。行くところがある」

神谷はスマートフォンの画面を見ながら言った。玲奈からのメールに、賢吾の秘書である菊池惣蔵の住所が記されていたのだ。

「もうすぐ零《れい》時ですよ。基地が閉鎖されるかも。それに〝ギャラクター〟だって寝ていますよ」

貝田は口を尖《とが》らせた。〝ギャラクター〟は、科学忍者隊の敵なのだろう。

「コンドルのジョーは、簡単にはへこたれないがな」

神谷は貝田を横目で見ながら、地図アプリに住所を入力した。科学忍者隊のアニメを観たことはないが、コンドルのジョーの名前からして根性なしではないだろう。

「もっ、もちろんですよ。ラッ、ラジャー」

貝田は暗い声で返事をした。

「それなら、ナビに従ってくれ」

神谷はスマートフォンをダッシュボードのスマホホルダーに挟んだ。

5・五月十五日AM0:05

五月十五日、零時五分。

神谷らは北区西ケ原三丁目交差点に到着した。

「尾形さん、一緒に来てもらえますか？　二人は車で待っていてくれ」

神谷は車を降りて、周囲を見回した。道路沿いに一戸建ての家もあるが、マンションやアパートもあるごくありふれた住宅街である。この近くに菊池の自宅があり、賢吾の屋敷に毎日通っていたらしい。屋敷は賢吾が体調を崩して入院した昨年の夏に取り壊されたようだ。タイミングからして賢吾の承諾《しょうだく》なく、息子が勝手に工事をしているに違いない。

「こんな夜更《よふ》けに訪ねて大丈夫でしょうか？」

尾形が眉をハの字にしている。

「玲奈は時間がないと言っていた。明日の朝まで待てない」

神谷は強い口調で言うと、交差点を西に進み、一戸建ての家の前に立った。二階建てで建物は古いが前庭に立派な蘇鉄《そてつ》が植えられており、敷地面積は広そうだ。

尾形がインターフォンに指を伸ばした。

「それはやめておきましょう。菊池は篠崎家のために隠し事をしているはずです。尋問するだけの価値はある。普通の民間人とは考えない方いい」

神谷は尾形の腕を摑んだ。こんな時間に呼び鈴を鳴らしてまともに応対してもらえるとは思えない。神谷は常備しているピッキングツールをポケットから出し、玄関の鍵を開けた。

「探偵の勘に付き合ってください」

神谷は玄関で靴を脱《ぬ》ぐと、廊下の奥に進んだ。菊池の住民票を調べた玲奈から、現在は一人暮らしだとメールには書かれていた。

客間、リビング、キッチン、ダイニング、浴室、トイレと、一階だけでも四人家族が充分住める広さである。尾形は大胆な神谷の後をオロオロしながら付いて来る。

一階を確認した神谷はリビング脇にある階段から二階に上がり、突き当たりの部屋のドアを開けた。灯りが消えている。神谷は尾形に廊下で待つようにハンドシグナルで示すと、部屋に足を踏み入れた。

「むっ！」

神谷が体を左斜めに傾けると、耳元を何かが掠めた。

「いい加減にしろ！」

男の怒声が暗闇に響く。棒状の物を振っているらしい。

神谷は左右に避けると男の腕を摑んで捻り倒し、棒を奪い取った。

「痛てて」

床で男が唸っている。

「大丈夫ですか？」

神谷が部屋の照明を点《つ》けると、尾形が部屋に入って来た。十二畳ほどの広さがある洋間で、ベッドが壁際にある。

「菊池さんだね」

神谷は床に倒れてもがいているパジャマ姿の男に尋ねた。年齢は六十九歳と聞いているので、手加減をしたつもりだが、少々やり過ぎたかもしれない。

「雅人さんに言ってくれ。私は何も知らないんだ」

菊池は半身を起こすと、首を左右に振った。雅人とは賢吾の一人息子である。

「私は、篠崎の息子の使いじゃない。真江さんの居場所を知りたくて来たんだ」

神谷は冷たい口調で言った。

「沙羅さんの居場所を知りたいんじゃないのか？　あんたたちは何者だ？」

菊池は腕を摩りながら胡座をかいた。

「我々は沙羅さんの守護者だ。彼女に生命の危機が迫っている」

神谷は沙羅が母親からの手紙を受け取って精神のバランスを崩し、このままでは別人格になると教えた。

「なんてことだ。私は真江さんの希望を叶えようとしたのだが、沙羅さんを窮地《きゅうち》に陥《おとしい》れていたのか？」

菊池は右手を額に当てた。

「あなたが、真江さんから手紙を預かって投函《とうかん》したんだろう。真江さんはどこにいるんだ？」

　神谷は菊池の前に座って尋ねた。

「真江さんは、雅人さんの大田区《おおた》にある自宅に囚《とら》われていました。しかし、私が接触したためにどこかに移送されてしまいました」

　菊池は溜息を吐いた。

「見当はつかないのか？」

　神谷は菊池を強い視線で見て尋ねた。

「篠崎家には、三つの別荘があります。そのうちのどれかでしょう。ただ、私はもう篠崎家と関わりたくない」

　菊池は大袈裟に首を振った。

「篠崎家の遺産争いに巻き込まれているんだろう？　母親の手紙も、沙羅を相続人に加える魂胆からだ。あんたが、その企《たくら》みの張本人かは知らないが、今さら関係ないじゃすまされない。それに身の危険を感じていたから木刀を振り回したんだろう。賢吾が死ねば、あんたも殺されるぞ」

　神谷は菊池の肩を摑んで揺すった。

　総資産が一千億円以上と言われる賢吾の遺産を巡ってのトラブルが、沙羅を巻き込んだのだ。賢吾が今まさに死の床《とこ》に就こうとしているタイミングで、母親が接触してきた理由はそれ以外考えられない。

「……私は、長年番頭として篠崎家に尽《つ》くしてきました。だが、それは最悪の結果になろうとしているらしい」

菊池は肩を落として言った。

「一緒に来るんだ。安全な場所に匿《かくま》ってやる」

神谷は菊池を無理やり立たせた。

「わっ、分かりました。着替えて用意するから廊下で待っていてください」

菊池はパジャマを脱ぎ出した。

「必要な物は後で買えばいい。急げ」

神谷は廊下に出た。会社の空室に菊池を泊めるつもりだ。

「驚きましたね。一連の騒動は、賢吾の遺産が原因だったんですか？　菊池さんが否定しないということは図星なんですね。よく分かりましたね」

やりとりを傍観していた尾形が驚いているようだ。

「賢吾の病状を見て確信したんですよ。貝田に連絡して車を回してもらえますか」

神谷は襲撃してきた連中は、雅人が雇ったと思っている。一千億円に目が眩《くら》んだ雅人は、なりふり構わず金をばら撒《ま》いて行動しているのだろう。

「了解」

尾形はスマートフォンを取り出した。

「菊池さん」

神谷は寝室のドアを軽く叩いた。だが、返事はない。首を傾げた神谷は、ドアノブに手を掛けたが鍵がかかっている。

「くそっ！」

神谷は寝室のドアを蹴破った。

菊池が床に倒れ、バラクラバを被った男が窓から逃げて行く。

「尾形さん、後を頼みます！」

神谷は男を追って窓から前庭に飛び降りた。

男はブロック塀を乗り越えた。

「待て」

神谷はブロック塀に手を掛け、一気に飛び越える。

「むっ！」

道路に着地した神谷は、気配を察して左手を上げた。瞬間、左腕に衝撃を覚えた。

目の前に三人の男が立っている。秩父で襲撃して来た連中に違いない。左手の男が特殊警棒で殴りつけてきたのだ。

「また、おまえらか」

神谷は中段に構えて鼻先で笑った。左右の男の腕は無視していいと分かっているが、正面の男は侮《あなど》れない。

「それはこっちのセリフだ」

右手の男も特殊警棒を振ってきた。

神谷は払おうと、右手を振った。だが、特殊警棒が触れた瞬間、全身に衝撃を覚える。

特殊警棒と思っていたのは、棒状のスタンガンだったのだ。

左手の男が電気ショックで動けなくなった神谷の腹を蹴り上げた。

「くっ！」

神谷は腹を押さえながらも、左手の男の顔面にパンチを返す。

背後からきた車にライトで照らされ、クラクションが鳴らされた。

「引くぞ！」

中央の男が右手を上げ、三人はあっという間に走り去った。

「大丈夫ですか！」

車から降りてきた外山が声を上げた。尾形が呼んだために駆けつけて来たのだ。

「神谷さん！」

尾形が玄関から顔を出し、右手を振った。

「菊池は？」

家に戻った神谷は、尾形に尋ねた。

「腹部を刺されていて、助けられませんでした」

尾形は伏目がちに首を振った。

神谷は階段を上がり、寝室に入った。菊池は仰向《あおむ》けに倒れている。腹部を数カ所刺されて血を流していた。

「なんてことだ」

神谷は力が抜け、床に座り込んだ。

「無駄ではありませんでしたよ。死に際に『ひまわり』と彼は言い残しました」

尾形は、寝室の奥の壁に掛けてある油絵を指差した。模写だろうが、ゴッホのひまわりの絵である。

神谷は菊池を跨《また》いで油絵の前に立った。

「ひょっとして」

神谷が油絵の額を壁から外すと、金庫が埋め込まれていた。

「警察には、まだ通報していませんよね」

神谷は振り返って尾形に尋ねた。

「もちろんです」

尾形が強張った表情で頷いた。殺人現場だけに緊張しているのだろう。

「貝田を呼びましょう」

神谷はにやりとした。

6・五月十五日AM1：40

午前一時四十分。北区西ケ原。

神谷は菊池の家の前に立っていた。

貝田と尾形と外山は、ラングラーで先に帰らせてある。

菊池の部屋の壁に埋め込まれていた隠し金庫を貝田に開けさせたところ、中から書類や現金や通帳を発見した。金目の物には手をつけずに書類だけ抜き取っている。寝室には神谷らの痕跡《こんせき》が残らないように細心の注意を払い、指紋は拭き取った。911代理店の社員は全員プロというか、犯罪者だったのでその辺は問題ない。

神谷の前に覆面パトカーが停まった。

後部座席から畑中がむっつりとした表情で降りてきた。殺人があったので、詳細は話さなかったが現場に来るように頼んだのだ。覆面パトカーの運転席と助手席には顔馴染みの畑中の部下が座っている。神谷と目が合うと会釈した。

「現場はこの家の二階寝室だ。マルガイは菊池惣蔵、六十九歳。篠崎産業のＣＥＯ、篠崎賢吾の秘書を長年務めていた。同居人はいない」

神谷は畑中に言った。

「おまえが殺《や》ったんじゃないよな」

畑中は小声で尋ねると、右手を振った。運転席と助手席の部下が車から降りて、家に入って行く。殺人だけに所轄も連れて来ると思ったが、神谷が犯人か疑って信頼できる部下だけ連れてきたらしい。

「馬鹿を言え。バラクラバを被った三人組だ」

神谷は鼻先で笑った。

「ホシに心当たりはあるのか？」

畑中は神谷を睨みつけると、ポケットから煙草を出して口に咥えた。禁煙していると聞いたが、また吸い始めたらしい。

「雇ったのは、賢吾の息子、篠崎雅人だと思っている。これまで言わなかったが、うちの社員に篠崎沙羅がいるだろう。彼女は賢吾の娘らしいんだ」

「何！」

畑中は咥えていた煙草を吹き出した。

「相続争いに巻き込まれたようだ。沙羅の母親の捜査を進めて菊池に行き着いた。彼も身の危険を感じていたから保護することにしたんだ。だが、彼を連れ出す際、目を離した隙に殺られてしまった。迂闊《うかつ》だったよ」

神谷は大きな溜息を吐いた。

「驚かすなよ。彼女が資産家の令嬢だったとはな」

畑中は道に落とした煙草を拾った。篠崎という姓を聞いても、結びつかなかったらしい。

「沙羅は喜んでいない。金に興味はないんだ。それよりも、彼女の母親である真江は雅人に拘束《こうそく》されているらしい。彼女の発見が急務なのだ。殺される可能性がある」

神谷は菊池から聞いた母親の情報を話した。

「それであらかわ遊園の親子心中未遂事件と繋がるのか。まさか、その時の娘がなあ」

畑中は頷きながら煙草にライターで火を点けた。

「俺はこのまま真江の捜査を進める。どうせ、犯罪が確定していないから、警察じゃ動けないだろう?」

神谷は肩を竦めた。

「分かりきったことをわざわざ言うな。ただし、無茶をするな。少なくとも俺が庇《かば》いきれないようなことは、絶対するなよ。尻拭《しりぬぐ》いは、もうたくさんだ」

畑中は煙草の煙を吐き出しながら言った。

「係長」

家から出てきた部下が、畑中の耳元で囁いた。

「そうか。分かった。ここは滝野川《たきのがわ》署の管轄だな。刑事課に連絡してくれ」

畑中は部下に命じた。菊池が殺害されていることを確認したのだろう。

「いや、その、なんと連絡すればいいんですか?」

部下が頭を掻いている。

「マルガイは、捜査中の証人だった。彼から保護を求められて来たと言えばいい」

畑中は煙草を吸いながら答えた。煙草を吸うテンポが速い。かなりストレスを感じているのだろう。

「了解しました」

部下はスマートフォンを出した。

「ここから先は我々の仕事だ。口出し無用だ。所轄が来る前に、すぐ帰ってくれ」

畑中は冷たく言ったが、神谷を事件に巻き込まないように気を遣っているのだろう。

「助かる」

神谷は右手を軽く上げて立ち去った。

覚醒

1・五月十五日AM5:20

五月十五日、午前五時二十分。

ジープ・ラングラーのハンドルを握る神谷《かみや》は、上信越《じょうしんえつ》自動車を疾走《しっそう》していた。

菊池《きくち》の自宅近くでタクシーに乗って会社に帰り、車をすぐに走らせている。一睡もしていないので、先に帰らせた貝田《かいだ》に運転させるつもりだったが眠そうな顔をしていたので諦《あきら》めた。案の定、車を出して五分と掛からずに、貝田はペットボトルのお茶を抱えたままイビキを掻いて助手席で眠っている。

菊池の自宅の隠し金庫にあった書類は、篠崎《しのざき》家と篠崎産業の財産目録などであった。菊池は賢吾《けんご》の依頼を受けて、財産相続のために動いていたようだ。

その中に沙羅《さら》の出生届記載事項証明書と賢吾の戸籍謄本《こせきとうほん》の写しが挟んであった。菊池は賢吾にも内緒で沙羅にも均等に財産を分与するように画策していたらしい。そのため、真《さな》江《え》に手紙を書かせて沙羅に送ったようだ。沙羅に篠塚家の人間だと悟らせることが目的だったのかもしれない。

不可解な行動に思えたが、賢吾の息子である雅人《まさと》と義理の弟の慎吾《しんご》が沙羅の存在を知った際に予測不能な行動に出る可能性があるため、用心したのだろう。そのため、賢吾が死亡して財産分与が決定するまで、沙羅の存在を賢吾にまで秘密にするつもりだったようだ。相続は西村秀樹《にしむらひでき》という弁護士が一任されているという委任状のコピーが入っていた。賢吾の署名が入った正式な書類で、その中で西村は賢吾の死後、遺言状に従って財産分与をすることになっている。菊池はそのために必要な書類を揃えていたようだ。

また、書類とともに菊池の日記が入っていた。神谷は読んでいないが、岡村《おかむら》が目を通している。日記といっても毎日付けられてはおらず、特に印象深い出来事があった際に書いていたらしい。そのため、菊池が賢吾に秘書として雇われた一九九六年から書かれているが、Ｂ５サイズの日記帳一冊に収まっていた。

日記には沙羅の出生後に本妻である恵子《けいこ》から、賢吾に死亡したと伝えるように命令されたとあったそうだ。賢吾が言っていたように恵子は恐妻で、沙羅が死亡したことにしなければ親子とも殺すと菊池は脅されたらしい。

恵子は自分の部下に命じて、西ケ原の屋敷に賢吾の許可なく真江と沙羅を連れて来てプレハブ小屋に住まわせた。恵子は真江に一畳ほどの隠し部屋に沙羅を住まわせるように命じ、賢吾に存在を知らせたら殺すと脅迫していたそうだ。

また、雅人は酒を飲んではプレハブ小屋に行って真江の体を弄《もてあそ》んだらしい。菊池は二人の酷い仕打ちを賢吾に報告することもできずに耐えてきたのだろう。沙羅を相続人に加えようとしたのは、賢吾というよりも真江親子への償《つぐな》いだったのかもしれない。そのため菊池は賢吾の戸籍に沙羅の編入手続を密かに進めていたようだ。

恵子は真江親子を虐待し、無力な賢吾を見ることで、自分を裏切った夫に復讐《ふくしゅう》していたのだろう。賢吾が恐妻に逆らえなかったのは、婿《むこ》養子だったこともあるようだ。政治家の篠崎慎吾は恵子の実弟であり、賢吾の義理の弟になる。

賢吾は篠崎産業に入社し、営業として才を発揮して会社の業績を伸ばした。その商才を恵子の実父で篠崎産業の社長だった福蔵《ふくぞう》に認められて結婚したそうだ。子に恵まれたが、決して幸せな結婚ではなかったと、菊池は日記に記している。賢吾の部下だった菊池は、彼が社長に就任した後に秘書になった。

菊池が残した財産目録には篠崎家の別荘の所在地が記載されていた。一つは秩父にあり、慎吾が管理している。後の二つは軽井沢《かるいざわ》にあり、篠崎産業が管理していた。

軽井沢の物件の一つは会社の保養施設として使われており、正確には西軽井沢と呼ばれる長野県北佐久《きたさく》郡御代田《みよた》町にある。もう一つは雅人が個人的に使っている北軽井沢エリアの群馬県吾妻《あがつま》郡長野原《ながのはら》町にあった。

保養施設の別荘は会社の総務部に申請すれば、社員なら誰でも借りることができるので真江を監禁するには不向きであろう。そのため、神谷は長野原町に向かっていた。

碓氷《うすい》軽井沢インターチェンジで一般道に出ると、森を分ける山道を西に進んだ。すでに東の空は明るくなっているが、雲が多いので日の出を見ることはないだろう。

森を抜けて視界が拡がったところで下り坂になり、県道43号に入る。やがて県道から国道18号で北に向かい、軽井沢町を抜けて再び山道になった。

貝田のイビキが途絶えた。

「うげっ！」

妙な声を発して貝田が目覚めた。

「朝？　朝？　朝だ！」

周囲をキョロキョロと見回した貝田は、大声を発した。時刻は午前六時十分になっている。夜は明けていた。

「静かにしろ」

神谷は苛立ち気味に言った。眠気は感じないが、腹が減っているのだ。

「朝ごはんを食べましょう。レストランなら意外とありそうですよ」

貝田は腹の上に抱えていたペットボトルのお茶を飲み干《ほ》し、フロントガラスに顔を近付けた。レストランを探しているのだろう。

「異論はないが、この辺りの店は早くても九時以降じゃないと開かないらしい」

神谷は運転しながらカーナビでレストランは調べていた。観光地だけにレストランはあるが、早朝に開店する店はないらしい。

「ええー。どっ、どうするんですか？　食べなきゃ、死んじゃいますよ」

貝田は神谷に顔を近付けて言った。

やつだ。いちいち癇《かん》に障《さわ》る

手を叩いた貝田は、両腕を曲げて鶏のようにばたばたさせはじめた。

「コンビニ！　その手がありましたね」

神谷は左手で貝田の頭を押して遠ざけた。

「北軽のコンビニに入るつもりだ」

「じっとしていられないのか？」

神谷は右眉を吊り上げた。

「横隔膜《おうかくまく》を動かすことで、胃を刺激する朝の運動です。これをやると朝ごはんが美味しいですよ」

貝田は真面目な顔で答えた。

「そんなことをしなくても、いつでも美味いんだろう？」

神谷は首を横に振った。

国道146号に入り、気持ちの良い林道を走る。二十分ほどで林道を抜けると、左手にセブン－イレブンが現れた。

「むっ！」

眉を吊り上げた神谷はセブン－イレブンを通り越し、路地を挟んで隣りのローソンの駐車場に入った。

「どうしたんですか？　まあ、ローソンでもいいですけど。神谷さんの好みなら仕方がありませんが」

振り返った貝田は、不満顔でセブン－イレブンを見ている。

「貝田。セブン－イレブンの前に白のワンボックスが停まっているだろう。あれにＧＰＳ発信機を付けてきてくれ。俺を襲った連中の車だ。顔を知られているから、おまえが行くんだ」

神谷はワンボックスカーを指差した。セブン－イレブンの駐車場に入ろうとしたら、ワンボックスカーから三人の男が降りたところを見たのだ。いずれも一八五センチ前後と高身長で、鍛えた体をしている。秩父の山中と菊池の自宅で襲ってきた三人に間違いない。顔はバラクラバで隠していたが、二度も襲われたので相手の特徴は頭に焼き付いていた。雅人の別荘に行くのか、あるいはその帰りかもしれない。

「わっ、分かりました」

貝田は目を丸くしながらも頷くと車を降りた。

篠崎雅人の別荘を調べるために、機材は考えられる限り持って来た。ＧＰＳ発信機も数個準備してある。

貝田はロボットのようにぎこちない足取りで道を渡り、隣りのコンビニの駐車場に入った。すれ違った若い女性が、貝田を見て笑っている。よほど、変な顔をしているのだろう。こんなことなら、コンドルのジョーに変身させておけばよかった。

貝田は大袈裟に辺りを見回してワンボックスカーの下に手を伸ばし、ＧＰＳ発信機を取り付けた。

「よし！　そのまま何気ない素振りで帰って来い」

神谷は拳を握り締めた。だが、貝田は両手を上げて飛び跳ねると、いきなり走り出した。

「ただいま帰りました！」

貝田は嬉しそうな顔をして乗り込んできた。作戦が成功したと喜んでいるようだ。

「……よくやった」

苦笑を浮かべた神谷は、貝田の肩を叩いた。豚もおだてりゃ、なんとかである。神谷はスマートフォンのアプリを立ち上げ、GPS発信機の位置情報を地図上で確認した。

セブン－イレブンから例の三人組が、買い物袋を手に現れた。雅人の命令で、食料を買っていたのだろう。気付かれる心配はないだろうが、神谷は頭を下げた。貝田も慌ててシートに体を沈めた。地図上の赤い点が移動し、近くの交差点を曲がっていく。別荘の方角である。

「急いで朝飯を買いに行くぞ」

神谷は運転席を飛び出した。

2・五月十五日AM10：50

午前十時五十分。群馬県吾妻郡長野原町。

神谷と貝田は、小高い森から五十メートルほど先にある木々に囲まれた建物を双眼鏡で見張っていた。車は二百メートルほど離れた場所にある、オートキャンプ場に金を払って停めてある。

建物は篠崎雅人の別荘で、神谷らが朝食を買ったコンビニから三・五キロほど北東の山中にあった。二階部分の玄関が林道に面しており、一階は斜面の下にあるため地階のような構造になっている。菊池の財産目録によれば、敷地は千坪あり建坪は七十四坪、二十坪の駐車場が隣接していた。近辺にオートキャンプ場以外の別荘や民家はない。

駐車場には、GPS発信機を取り付けた白のワンボックスカーと黒のベンツが停めてある。四時間ほど見張っているが、人の出入りはない。三人組は、コンビニに食料の買い出しをしていたのだろう。また、ベンツが停めてあるので、雅人も別荘にいる可能性が高い。

「いつまで見張るんですか？」

貝田はキャンプ用の折り畳み椅子に座って、顎の下を掻きむしりながら尋ねた。二人とも虫《よ》除けスプレーはしているのだが、なぜか貝田だけ刺されるのだ。

「とりあえず、昼までは見張る」

神谷は双眼鏡を下ろし、溜息を吐いた。見張ってはいるものの、どうするか迷っているのだ。

「お腹が空いて死にそうです」

貝田は不平を漏らした。

「朝ごはんをしっかり食べただろう？」

神谷は貝田を睨みつけた。貝田は焼肉弁当におにぎり三個、それにサンドイッチも食べている。

「山歩きで消化しましたよ」

貝田は脛《すね》を掻きながら答えた。O型の血液型は虫に刺されやすいと聞いたことがあるが、貝田はO型なのでまんざら嘘ではないようだ。

ポケットのスマートフォンが震えた。画面を見ると、尾形《おがた》からの電話である。

「はい。神谷です」

――尾形です。玲奈《れいな》さんが目覚めないのです。

尾形の声が緊張している。

「夜遅くまで捜査のサポートをしてくれたから、寝不足かもしれませんよ」

神谷は胸騒ぎを覚えながらも答えた。

――私もそう思うんですが、岡村社長が心配されて殴られることを承知で玲奈さんを起こそうとしたんですが、声を掛けても揺すっても起きないんです。

「それは変だな」

――彼女の体が、精神の変調からさらなる異常を来《きた》しているのでしょう。最悪、精神崩壊という可能性があります。玲奈さんにしろ、沙羅ちゃんにしろ、彼女を目覚めさせるには何か、刺激が必要だと思います。時間がこのまま過ぎれば取り返しがつかなくなるかもしれませんよ。

「分かりました」

神谷は頷くと立ち上がって歩き出した。

「どこ行くんですか？」

貝田が慌てて付いて来た。

「出てこないのなら、こっちから出向くまでだ」

神谷は歩きながら答えた。待っていれば、いずれは誰かが外出するだろう。だが、真江が出てくる可能性は低いはずだ。

「そんな！　殴り込みですか？　我々は犯罪者じゃないんですよ」

貝田は藪《やぶ》を掻き分けながら諭《さと》すように言った。

「おまえに言われたくない。沙羅と玲奈には時間がないんだ」

神谷は振り返って強い口調で言った。

オートキャンプ場に停めてあるラングラーの荷台から、装備が入れてあるコンテナの一つを開けた。

「僕はどうしたらいいんですか？　闘うのはなしですよ」

貝田は助手席側に立って肩を竦めた。運動神経が鈍《にぶ》い貝田に過度の期待はしていない。

「車で待機していろ」

神谷はカラーシャツとTシャツを脱いだ。秩父で襲撃された際に殴打された脇腹は、湿布を張って腰用のサポーターで固定してある。だが、動きが悪くなるのでサポーターを外し、防刃ベストを着た。

警察官が使用しているようなプロテクタータイプでなく、シャツの下に装着する超軽量タイプで、アラミド繊維《せんい》と強化ポリエチレン繊維で出来ている。鋭利な刃物の攻撃だけでなく、スタンガンの電撃に対抗することもできる優れものだ。

防刃ベストのベルクロを背中で止めると、カラーシャツを着た。外見的にはほとんど分からないだろう。

次に武器を収めたコンテナを開けた。特殊警棒、サバイバルナイフ、スタンガン、それにＡＳＬＯＯＫ警備保障から譲り受けたロシア製の非致死性拳銃〝オサー〟が二丁、それにトルコ製発射型スタンガン〝WATTOZZ〟も二丁ある。

ラバー製の銃弾を四発装填《そうてん》できる〝オサー〟の射程は十五メートルほどだが、至近距離で頭部に当たれば殺傷能力もある。輸入も禁じられているのは頷ける。

〝WATTOZZ〟は二発のカートリッジ式の電極弾を込めることができ、弾がなくなってもすぐに装填できる。また発射前に電極弾の電圧も調整できる優れものだ。トルコは、近年ロシアのウクライナ侵略戦争で活躍する攻撃型ドローンで世界的に有名になったが、武器の開発生産能力は侮れない。

〝WATTOZZ〟も輸入禁止製品であるが、昨年、M委員会の傭兵《ようへい》が所持していた物を奪ったのだ。電極弾は貝田が３Ｄプリンタで独自に製作し、予備は二十発ある。この手の作業は、貝田にとっては朝飯前だ。

迷った末に武器は特殊警棒だけポケットに入れ、潜入に必要な道具を入れたベルトポーチを胸の前に斜め掛けにした。

「無線で呼んだらすぐに迎えに来てくれ、ジョー」

神谷は助手席脇に立っている貝田の背中を叩いた。

「ラジャー！」

貝田は敬礼すると、運転席に乗り込んだ。

3・五月十五日AM11：00

神谷は山道を進み、別荘の五十メートル手前で森に入った。

森は斜面になっており、十メートルほど下りて雑木林を掻き分けながら別荘に近付く。舌打ちをした神谷は、ベルトポーチからバラクラバを出して被った。別荘に監視カメラがあることに気付いたのだ。携帯のジャミング装置は持って来たが、映像が残る場合もあるので用心のためである。

一階の前はウッドデッキになっていた。ジャミング装置のスイッチを入れると、ウッドデッキの手すりを乗り越え、壁際に立った。一メートル先は大きな引違い窓になっている。ポケットからスマートフォンを出した。カメラ機能を利用すれば、窓から覗き込む必要もない。室内に誰もいないようなら、ガラスカッターで窓ガラスをカットしてロックを外すつもりである。

「何！」

スマートフォンの映像を見た神谷は、眉間に皺を寄せた。部屋の中央に椅子に手足を縛られ、血だらけの男がぐったりとしているのだ。

ポケットから特殊警棒を出すと、勢いよく振って先端を出す。息を整えるとガラスの引違い窓の前に立ち、特殊警棒で窓ガラスを叩き割った。

ウッドデッキの向こうは広いリビングになっており、例の三人組が振り返って目を見開いている。

「何だ。貴様！」

四十歳前後の男が叫んだ。左右に立っているのは、二十代後半か。

「まさかとは思うが、そいつは篠崎雅人か？」

神谷は椅子に縛られている男を指差した。

「その声は、またしてもおまえか！」

年配の男が怒声を放った。

「どうでもいい。なぜ主人を痛めつける？　篠崎雅人は雇い主なんだろう？」

神谷は首を捻った。

「主人？　……こいつが我々を雇っていると思ったのか？」

男は首を傾げて笑うと、若い男たちも低い声で笑った。

「違うのか？　……待てよ。そういうことか。おまえたちは、篠崎慎吾に雇われているんだな」

神谷は納得した。彼らは真江と沙羅を探していたのだ。慎吾は、雅人が真江を捕らえていたことも知らなかったらしい。財産相続で改めて戸籍を調べた慎吾は、沙羅の存在を知って驚いたのだろう。一方、雅人は北区にあった屋敷に住んでいたため、真江と沙羅の存在を知っていた。

だが、真江は沙羅と屋敷を脱出してあらかわ遊園で事件を起こして一時的に行方をくらましている。沙羅は警察に保護されたが、真江は菊池が屋敷に連れ戻したのだろう。

慎吾は、三人組に命じて雅人から沙羅の居場所を聞き出すために拷問《ごうもん》していたようだ。真江も雅人から奪って拘束しているに違いない。

「おまえは知りすぎたようだな」

年配の男は顔色を変えると、ベルトのサックからナイフを抜いた。若い男たちは、二人とも特殊警棒を取り出した。先端に電極がついているので、スタンガンの機能もあるようだ。

左手の男が勢いよく特殊警棒を振り下ろす。神谷は紙一重で避けると、右手の男が振り下ろした特殊警棒を撥《は》ね上げた。パターンは読んでいる。

続けて左手の男が、特殊警棒で顔面を突いてきた。神谷は男の右首を特殊警棒で打ち、右手の男の特殊警棒を払うと、首筋を打ち据えた。

「ぐっ！」

神谷は右眉を吊り上げた。正面の男が、いつの間にかナイフを神谷の腹に刺している。音もなく踏み込んできたのだ。

「うん？」

男はにやけた表情をしていたが、首を捻った。

「残念だったな」

神谷は口角を上げると、男の胸を蹴り抜いた。男は二メートル後方に飛んで床に頭から落ちた。

「ふう」

神谷はシャツの前を払った。男のナイフに勢いがあったので衝撃を覚えたが、防刃ベストのおかげで命拾いした。

「貴様、防刃ベストを着ているのか！」

男は歯軋《はぎし》りし、ナイフを捨てて何かを握りしめた。摑んでいる物に嚙《か》み付くと、金属のリングピンを口から吐き出し、神谷に投げつけた。

丸い黒い球が、床に当たり鈍い音を立てて神谷の足元に転がってくる。

「何！」

声を上げた神谷は、ガラスが割れた窓からウッドデッキに駆け出し、外の藪に思いっきり飛び込んだ。同時にリビングが轟音《ごうおん》と共に爆発する。凄まじい爆風が頭上を抜けた。男は手榴弾《しゅりゅうだん》を投げたのだ。

「やばかった」

神谷は大の字になり、空を見上げて息を吐いた。

4・五月十五日PM3：30

午後三時三十分。

関越《かんえつ》自動車道の花園《はなぞの》インターチェンジを下りたジープ・ラングラーは、国道140号に入った。

貝田がハンドルを握り、神谷は助手席で眠っている。

雅人の別荘から脱出する際、神谷は手榴弾の破片を左肩に受けて負傷していた。睡眠不足もあり、運転を貝田に任せたのだ。

貝田は右折して〝道の駅　はなぞの〟の駐車場に車を停めた。

「神谷さん。道の駅に着きましたよ」

貝田が神谷の体を揺り動かした。

「もう、会社に着いたのか？」

神谷は目を開けると周囲を見回し、首を捻った。景色はどこかのドライブインの駐車場である。

「花園の道の駅ですよ」

貝田は疲れた様子で答えた。どうせ腹が減っているのだろう。

「秩父の花園？　上信越自動車道を使わなかったのか。大回りしたな」

神谷は、腕時計で時間を確かめた。二時間近く眠っていたようだ。左肩に当たらないように脇の下を通していたシートベルトを外した。防刃ベストにも穴があいていたので、貝田の手を借りて脱ぎ、ハンカチを傷口に押し当ててガムテープで止めてある。

「理由があって、ここに来たんですよ」

貝田は訳の分からないことを言うと、周囲を見回した。

「ここのレストランはたいしたことはないぞ」

神谷は苦笑した。神谷が眠ってしまったために、北軽井沢を出てから食事もしないで来たのだろう。

「違いますよ。お腹は空いていますけどね。後で、僕に感謝しますよ。絶対」

貝田は苛立ち気味に答えた。腹がよほど減っているのだろう。この男の行動原理は単純である。

「感謝ねえ？」

鼻先で笑った神谷は、シートに深く腰掛けた。仮眠したが疲れは残っている。

「来ましたよ」

貝田はラングラーの近くに停まったプリウスとハイエースを指差した。プリウスのナンバープレートに見覚えがある。

「ＡＳＬＯＯＫを呼んだのか？」

神谷は車を降りた。

「歩いて、大丈夫ですか？」

プリウスから降りて来た中森《なかもり》が、心配げに尋ねてきた。神谷が負傷したことを知っているようだ。

「わざわざすまない。貝田が呼んだんですか？」

神谷は苦笑した。

「岡村《おかむら》社長からの依頼です。まずは、傷の手当てをさせてください。こちらです」

中森は神谷の左肩を意味ありげに見ると、ハイエースに右手を向けた。

「あれっ。いつの間に」

シャツの左側が真っ赤に染まっている。傷口から出血しているようだ。疲れたと思ったのは出血のせいかもしれない。

ハイエースの荷台に乗ると簡易ベッドが設置してあり、傍に白髪の男性が椅子に座っていた。側面には、ステンレスの棚があり、天井には歯医者で使われるような可動式のLED照明が取り付けてある。救急車というよりも手術室という感じだ。

「私は医師の真鍋透《まなべとおる》です。この車は、私の移動診察室なんです。ベッドにお座りください。シャツはご自分で脱げますか？　なんなら私がハサミで切りますが」

真鍋は抑揚《よくよう》もなく言った。神谷の出血に動じないという態度が安心できる。

「大丈夫です」

神谷は顔を顰めながらシャツのボタンを外した。動かすとかなり痛みを感じる。シャツを脱ぐと真鍋に背中を見せた。

「まだ、破片が入っているようですね。摘出しますので、ベッドにうつ伏せになってください」

真鍋はＬＥＤライトを傷口に当てて簡単に言った。こうした怪我《けが》に慣れているらしい。

神谷は素直に従い、ベッドに横になる。

「局部麻酔をして、破片を取り除きます。まあ、リラックスしてください。すぐ済みますから」

真鍋は注射器を手に言った。

神谷は頷いたものの、注射針が意外に痛かった。

「ほお、これは、手榴弾の破片ですね。ただの金属片とは違うので、経験のある医師ならすぐに分かりますよ。今取り出しましたから、後は縫合《ほうごう》するだけです」

真鍋は鼻歌交じりに処理をしている。

「以前、手榴弾の負傷者を治療したことがあるんですか？」

神谷は顔だけ向けて真鍋を見た。日本人で経験がある医師がいるとは思えない。

「米軍の従軍医師として紛争地での経験があるんです。この手の怪我には慣れているんですよ。日本での医師の資格はありませんがね」

真鍋は屈託なく笑いながら縫合針を手にした。もぐりの医師だと言っても患者は絶対に口外しないという自信があるのだろう。というか、真鍋は他人に事情を言えない裏社会の人間だけ診察しているに違いない。

「従軍医師。……なるほど」

神谷は苦笑した。

治療を終えた神谷は、真鍋から渡された真新しいTシャツに着替えて車から降りた。

「打ち合わせをしましょうか」

車の外で待っていた中森が言った。

「岡村から要請を受けたと聞いたけど、私の治療だけじゃないんだな？」

神谷は首を傾げた。雅人の別荘で男たちを取り逃がしている。爆破直後に別荘のリビングを覗いたら、雅人の死体だけ確認できた。また、彼らが乗っていたワンボックスカーは火が点けられていた。あらかじめ雅人のベンツに乗り換えるつもりだったのだろう。

男たちの後を追う手掛かりはないはずだ。ちなみに、今回は警察に通報せずに現地を離れている。都内なら畑中《はたなか》に連絡するのだが、他県なので面倒は避けたのだ。

「貝田さんのおかげで、犯人の居場所は分かっています。秩父の横瀬にある篠崎慎吾の別荘です」

中森はなぜか、国道の方角を見た。

「訳が分からない」

神谷は首を振った。

「貝田さんが、雅人の別荘の駐車場に停められていたベンツにGPS発信機を取り付けたんです。神谷さんが別荘に潜入することで、雅人がベンツで脱出する可能性があると考えたそうです。貝田さんのお手柄ですよ」

中森は得意げに話した。彼の言う通りなら、確かに貝田の手柄である。

「あいつが、そんな機転をきかせたのか。ひょっとして、ジョーに変身していたのか」

「変身?」

中森は神谷の独り言を訝《いぶか》った。

「なんでもない。それで、あんなことを言っていたのか。ところで貝田は?」

苦笑を浮かべた神谷はラングラーを見たが、貝田の姿はない。

「自分にご褒美《ほうび》と言って、国道の向こうにあるトンカツ屋さんで食事をしています」

中森は苦笑を浮かべた。

「うーむ」

神谷は思わず唸った。前回秩父に来た時もトンカツを食べたいと言っていた。よほど未練があったのだろう。恐るべき執念《しゅうねん》である。

「私の部下が、先に横瀬に行って張り込みをしています。別荘はここから三十分ほどの距離です。ご案内します」

中森は軽く頭を下げ、プリウスの助手席のドアを開けた。ラングラーに乗ろうと思っていたが、彼は神谷の怪我を心配しているようだ。そもそも、車のキーは貝田が持っているけば充分だろう。

はずだ。だが、彼が食事を終えるまで待つつもりはない。先に行くとメールでも入れてお

「それじゃあ、装備を移さないと」

「装備は揃えてありますから、ご心配なく」

中森は首を振った。ＡＳＬＯＯＫ警備保障は現金輸送や財界人の護衛まで請け負っているので、装備は充実している。

「確かに」

神谷は頷くとプリウスに乗り込んだ。

５・五月十五日ＰＭ４：２０

午後四時二十分。

神谷の乗ったプリウスは国道１４０号を経て、横瀬川の支流を見下ろす高台の雑木林の前で停まった。後ろに真鍋のハイエースも着いた。神谷の治療は終わっているが、負傷者がまた出る可能性があると残ってくれたのだ。

五十メートル先の高台に椰子《やし》の木が植えてある二階建てのログハウスが建っていた。横瀬には定住も考えられた分譲住宅のような別荘も多いが、篠崎賢吾は椰子を使ってリゾートを意識して建てたらしい。

「例のベンツもある。間違いないいな」

プリウスを降りた神谷は、気難しい表情で言った。駐車場に雅人のベンツだけでなく、ベントレーやトヨタのヴェルファイアも停まっている。

「今のところ、人の出入りはありません。ドローンを飛ばしているので、ある程度の人員は分かると思います。……もう一度調べてくれ」

中森は無線機で部下と連絡をとりながら言った。911代理店も所有しているが、熱センサーを備えているドローンだ。ただし、建物の中はガラス越し程度なら検知できるが、壁の向こうは無理である。米軍など先進国の軍隊が装備しているAI技術を組み合わせた壁透過レーダーとは違うのだ。

「十人前後はいると思った方がいいな」

神谷は腕組みをして別荘のかなり上空を飛ぶドローンを見ながら言った。

「……了解。今、報告が入りました。別荘に七人の人影を確認しました。それから赤外線センサーも確認されました。何度も検知すれば、精度は高くなります。夜を待って潜入しますか？」

中森は双眼鏡で別荘を見ると、神谷に渡してきた。

「そうしたいのは山々だが、時間がないんだ」

神谷は双眼鏡を受け取って別荘を見た。さすがに財界で名を馳《は》せた篠崎賢吾が建てただけあって立派である。横瀬川の急斜面の上の敷地は四百坪、建坪は六十坪ではあるが、この辺りの別荘とは格が違う。

別荘は二十七年前に建てられたそうだ。当時この辺りに農家はあったかもしれないが、別荘はなかったらしい。賢吾は埼玉県飯能《はんのう》市出身で、実家に近い場所に別荘を建てたようだ。

「こんな明るいうちに、潜入するのですか？」

中森は両眼を見開いている。

「沙羅の精神崩壊という可能性がある。時間がないんだ」

神谷は険しい表情で答えた。二時間半で日は暮れる。だが、一分も惜しいのだ。

「潜入すれば、七、八人を相手にすることになりますよ」

中森は神谷の前に立ち、口調を強めた。

「覚悟の上だ」

神谷は敵が何人だろうと恐れてはいない。

「ちょっと、お待ちください」

中森は無線で猿渡《さるわたり》を呼び出した。猿渡は三十二歳と若いが、ＡＳＬＯＯＫ警備保障の技術部長を務めている。

ショルダーバッグを背負った猿渡がコントローラーを手に、藪の中から現れた。ドローンの操縦をしていたらしい。

「この場所で、警察や消防に通報があった場合、パトカーや消防車の到着時間をアバウトでいいから教えてくれ」

中森は周囲を見回しながら尋ねた。百メートルほど離れた場所に他の別荘がある。また、高台だけに離れた住宅から見られる可能性もあるだろう。横瀬は秩父駅に比較的近いために通報された場合を心配しているようだ。

「派出所と駐在所が近くにあるので、五、六分で警察官が来るでしょう。パトカーなら秩父警察署から七、八分というところでしょうか。消防署は少し離れているので、十数分掛かるでしょう」

猿渡は淀《よど》みなく答える。

「多分、潜入したらすぐに気付かれるでしょう。潜入から五分以内に目的を果たさなければ、警察とトラブルになる可能性があるということです」

中森は神谷を諭すように言った。むやみに潜入しても駄目だと言いたいのだろう。

「作戦が必要だということは、分かっているつもりだが」

神谷も腕っ節だけで切り抜けるつもりはないが、建物の中の様子が分からないので作戦の立てようがないのだ。

「別荘の設計図は、建築業者から手に入れてあります。ログハウスは、メンテナンスが必要なために図面は電子化されていたんです」

猿渡は近くにいる部下にドローンのコントローラーを渡すと、ショルダーバッグからタブレットPCを取り出し、画像を表示させた。

「設計図を手に入れたのか。うん？　なんだ？」

神谷は設計図の一階部分を指差して首を捻った。建物の北側に横瀬川の支流が流れており、敷地は川に沿って東西に広がっている。ログハウスも東西に長い構造になっているのだが、一階の東側に謎の開口部があるのだ。

岡村は三時間ほど前に木龍《きりゅう》に神谷のサポートを頼んだそうだ。そこで、木龍はＡＳＬＯＫ警備保障をよこしたのだ。そのほかにも情報収集のために、傘下《さんか》の組織を使ったようだ。改めてその組織力に脱帽《だつぼう》するほかない。

「さすがですね。開口部の大きさからして、十六平米ほどの地下室があるのだと思います。ログハウスの建築業者は、地下室を造る技術がないので専門の業者が造ったのでしょう。そのため、設計図に載っていないのです。また、設計図も古いので、内装が変わっているかもしれません。いずれにせよ、拉致《らち》された真江さんは、地下室に拘束されている可能性が高いと思います」

猿渡は淡々と説明する。

「地下室か。重装備で潜入だな」

神谷は左肩をゆっくりと回した。鎮痛剤を飲んでいるが、痛みは走る。

「まさか、お一人で行くつもりじゃないですよね？」

中森が訝しげに見た。

「潜入までは力を貸してほしい」

神谷は中森に頭を下げた。篠崎慎吾は政治家である。警察沙汰になった場合、マスコミにも騒がれるだろう。巻き込んで木龍に迷惑を掛けたくないのだ。

「そんな、頭を上げてください。作戦というほどではありませんが、お任せください。ただし、一人だけでいいですからうちの者を連れて行ってください。今、装備車を呼びます」

中森は無線を使った。装備車とはＡＳＬＯＯＫ警備保障で使われている装備を詰め込んだ専用車両である。

別荘と反対の方角から入ってきた黒のハイエースが、プリウスの前に停められた。助手席ドアが開き、体格のいい男が降りてきた。

「お久しぶりです」

男は笑顔で頭を下げた。神谷とも馴染みがある星野《ほしの》正信《まさのぶ》だ。彼は実戦空手の有段者で腕が立つ。〝こころ探偵事務所〟の社員であり、木龍のボディガードの一人でもある。

「久しぶり」

神谷は軽く右手を上げた。

「ご一緒できて、光栄です。装備を整えましょうか」

星野はハイエースの後部ドアを開けた。

６・五月十五日ＰＭ５：２０

午後五時二十分。

バックパックを背負った神谷は、雑木林を抜けて横瀬川の河原に降り立った。

武器は特殊警棒に発射型スタンガン〝WATTOZZ〟、それに中森から渡されたジャミング装置とM84スタングレネードを携帯している。

M84は爆発音と強烈な閃光《せんこう》で敵の行動を抑止することができ、爆発の被害はほとんどない。禁輸品だが、入手先は尋ねなかった。また、ナックル部分が金属製のタクティカルグローブと防刃アームプロテクターを嵌めている。

猿渡はドローンを飛ばし、別荘のセキュリティも確認した。

道路に面した南側は低いフェンスが張られており、北側にフェンスはない。急斜面は鬱《うっ》蒼《そう》とした木々に覆われているので、フェンスは必要ないのだろう。また、建物の一階に赤外線センサーと人感センサーが設置されている。

神谷は河原を移動し、別荘の真下まで来ると、急斜面を上り始めた。斜度は四十度近い。斜面というより、もはや崖《がけ》である。

「くそっ！」

斜面を上り始めると、左肩に激痛を覚えた。仕方なく右手で木の幹を摑んでは、体を引き寄せる形で上る。左手は使えないため、一歩一歩足場を確保しては上るのだ。二十メートル以上ある斜面を五分ほど掛けて上り、雑木林に身を潜めた。

「こちらアルファ。ブラボー、どうぞ」

神谷は星野を無線で呼び出した。

——こちらブラボー、どうぞ。

星野が即答した。

「位置に就いた」

神谷は地面に腰を下ろし呼吸を整えた。斜面を上ったところですでに疲れ切っている。

——了解です。作戦開始します。

星野は神谷に応えるとハイエースを走らせ、ログハウスの前に停めた。荷台から段ボール箱を出すと、両手で抱えて玄関前に立った。大手運送会社の制服とキャップを身に着けている。車体にも運送会社のマグネット式ロゴマークシールが貼られていた。これは、〝こころ探偵事務所〟の偽装用の小道具だ。

星野は、ビデオカメラ付きインターホンの呼び鈴を押した。

——はい。

少し間をおいて、男の低い声が響いた。

「お届け物です」

星野は、明るい声で言った。

——待ってくれ。

インターホンの通話が終わるとすぐにドアが開き、いかつい男が顔を覗かせた。

「お名前をご確認し、印鑑を押してください」

星野は段ボール箱の発送伝票を男に見せた。星野が作成した偽伝票であるが、発送先は「篠崎慎吾」、発送元は「篠崎賢吾」、品名は「書類」と記されている。

「間違いない。サインでいいか？」

男は星野が差し出した受け取り伝票にサインし、荷物を受け取った。

「ありがとうございます」

星野は伝票を受け取り、にやりとした。

「こちらブラボー。荷物を渡しました」

星野は車に戻りながら、神谷に無線連絡をした。

「こちらアルファ。了解」

神谷はバックパックから出したガスマスクを被った。周囲を窺い、藪を出て裏庭に面したログハウスの壁際に駆け寄り、バックパックの中のジャミング装置のボタンを押した。

破裂音。

神谷は窓を覗き込んだ。室内は白煙で満たされている。星野が宅配便に見せかけた荷物は、催涙《さいるい》ガスと麻酔ガスが同時に吐き出される仕組みになっていたのだ。

中森の突入の提案では、窓ガラスを割って投げ込むというものだった。だが、それでは内部の人間に身構える時間を与えてしまう。そこで、遅れて到着した貝田に時限装置を作らせた。

もともと貝田が作った時限装置付き麻酔ガス発生器は持参していた。彼は神谷からの依頼に応え、催涙ガス弾を組み合わせた装置を三十分ほどで作製した。しかも、ガスが効率よく噴き出すように段ボール箱を加工し、宅配便の荷物のように偽装したのだ。

神谷は特殊警棒でリビングの裏庭側の窓ガラスを割ると、建物に侵入した。催涙ガスで咳き込んで倒れている男が四人いる。男たちを無視して玄関まで駆け寄ってドアを開けると、ガスマスクをした星野が入ってきた。

「頼んだぞ」

神谷は星野の肩を叩いて合図した。

「お任せください」

星野は左に進み、階段下に隠れて右手に〝オサー〟、左手に特殊警棒を構えた。二階にも数人いるので、彼らが降りてきたら叩きのめすのだ。

神谷は廊下を右に進んだ。設計図では、東側に部屋がある。数メートル先に木製のドアがあった。ドアノブに手を掛けた。

「むっ！」

神谷は横に飛んだ。同時に轟音とともにドアに穴があいた。ショットガンで銃撃されたのだ。神谷はショットガンに弾丸を装填する際の音に気付いたのだった。防刃ベストでは銃弾を防げないので命拾いをした。

神谷はM84の安全リングを抜き、セカンドリングも引き抜くと、ドアにあいた穴に投げ込んだ。神谷は耳を手で塞ぎ、ドアに背を向けた。

轟音。

神谷はドアを蹴破って突入した。

正面にショットガンを持った男が、空《うつ》ろな目をして立っていた。篠崎慎吾である。M84が炸裂《さくれつ》し、閃光で目は見えなくなり、音で失神状態になっているのだろう。

神谷は慎吾の鳩尾を特殊警棒で突き、前屈《まえかが》みになったところで後頭部に容赦《ようしゃ》なく肘打ちを叩き込んだ。

「むっ！」

神谷は殺気を感じて斜め前に転がり、すかさず膝立ちで構えた。

頭上を白い光が走る。

左腕のプロテクターを上げ、日本刀を弾き返した。

「また、おまえか！」

刀を八相《はっそう》に構えた男は、吠えた。北軽井沢の別荘で逃した男である。ドアの後ろに隠れていたらしい。突入の際は、ドアの後ろを確認するのが基本であるが迂闊だった。

「こっちのセリフだ。私の邪魔をするな」

神谷はガスマスクを剝《は》ぎ取り、特殊警棒を構えた。〝WATTOZZ〟はベルトの後ろのホルスターに差し込んである。男の攻撃が鋭く、ホルスターから抜く暇がなかったのだ。

「特殊警棒で、私に敵うと思っているのか」

男は袈裟《けさ》斬り、返す刀で斬り上げた。特殊警棒でなんとか弾いたが男の言う通り、特殊警棒では不利である。部屋の天井は二メートル半、十六畳ほどの広さがあった。刀を振るうには少々狭いが、男は巧《たく》みに刀を扱う。三刀目で、浅く右の二の腕を斬られている。

男の猛攻に、神谷は部屋のコーナーに追い詰められた。というか自ら逃げ込んだのだ。壁が邪魔で左右の袈裟斬りや胴《どう》斬りはできない。神谷は勝負に出た。

男は大上段に構え、振り下ろすと見せかけて胸元に刀を引きつけると、神谷の首目掛けて突き入れる。

神谷は特殊警棒を投げ捨てて斜め前に飛び、〝WATTOZZ〟を抜いて振り向き様に男の腹と胸に二発撃ち込んだ。電圧は最大にセットしておいたので、男は口から泡を吹いて床に倒れた。男の攻撃を予測していたのだ。

「神谷さん！」

星野が部屋に飛び込んできた。銃声を聞いて飛んできたのだろう。

「大丈夫だ。そっちはどうだ？」

神谷は〝WATTOZZ〟をホルスターに仕舞うと、床に落とした特殊警棒を拾った。

「二階から降りてきた三人を片付けました。リビングの四人は、麻酔ガスで眠っています。手こずってすみませんでした。残り、一、二分ですよ」

星野はガスマスクを取って言った。ショットガンとM84の音で通報されたかもしれない。近くの派出所か駐在所から警察官が自転車で駆けつけてくる可能性がある。

「分かっている。……これは？」

神谷は部屋の奥を見て首を傾げた。直径二メートルほどの円形のラグが敷かれているのだ。ラグを剝がすと、はたして地下室の出入口が見つかった。

「私が行きます」

星野は〝オサー〟を構えて階段を下りていった。

神谷はハンドライトを出して、地下室を覗き込んだ。階段下にワインセラーがあるが、裏側は見ることができない。

「女性、発見」

星野が声を上げた。

「よし！」

神谷は思わず拳を握りしめた。

「呼びかけたら返事をしました」

星野が髪の長い女性を抱き抱えて階段を上ってきた。ぐったりとしているが、真江に間違いないだろう。唇が乾いているので、脱水症状になっているのかもしれない。

「脱出するぞ」

神谷は慎吾と男を、樹脂製の結束バンドで縛り上げて部屋を出た。

7・五月十五日PM5:55

三十分後、神谷は真鍋のハイエースの後部荷台の椅子に座っていた。

神谷らが脱出してから三十秒後に、パトカーがサイレンを鳴らしながら現れた。警察署からではなく、たまたま近くを巡回《じゅんかい》していたのだろう。

真江は診察用ベッドに寝かされ、点滴を打たれている。真鍋の診断では、脱水症状になっているものの身体に異常はないらしい。

助けた星野の話では、地下室はワインセラーと食料貯蔵庫になっていたそうだ。床に布団が敷いてあり、部屋の片隅に介護用に使われる便座が置いてあったらしい。真江は数日前から監禁されていたようだ。

「……私を警察に連れていって」

真江は目覚めると、譫言のように言った。

「慎吾と手下は、全員縛り上げた。今頃彼らは残らず逮捕されている。心配する必要はないんだよ」

神谷は優しく言った。

彼らが使ったショットガンや日本刀は残してある。特に神谷と闘った男は腰のシースにナイフが収められていた。おそらく、菊池を殺害した凶器だろう。言い逃れはできないはずだ。

また、神谷は宅配便に偽装された段ボール箱は持ち帰っているので、警察に正体がばれる心配はない。

「篠崎のことじゃない。私は人を殺した。自首したい」

真江は疲れた表情で神谷を見た。目元が沙羅に似ている。

「すみませんが、事情が分かりません」

神谷は首を振った。

「私は長い間、篠崎賢吾の屋敷にある小屋に囚われていた。来る日も来る日も奥さんと息子の雅人に乱暴された。ある日、あのくそババアが、私の顔面を殴りつけ、髪の毛を引っ張って部屋を引き摺《ず》り回したんだ。それでも私は我慢した。そしたら、あの女は、沙羅を私の目の前で殴った。だから、隠し持っていた果物ナイフで、あの女を何度も、何度も、何度も刺した。そして沙羅を連れて、屋敷を抜け出した」

真江は取り憑《つ》かれたようにその日の状況を説明し、涙を流した。

「それは平成十八年の夏のことじゃないですか？　あなたは沙羅さんを連れてあらかわ遊園に行ったんじゃないですか？」

神谷は尾久署の捜査資料を思い出した。

「そう。とても暑い日だった」

「警察では無理心中未遂として処理されていました。本当は何があったのですか？」

神谷はティッシュペーパーを何枚か取って、彼女に渡した。

「……私は、沙羅の親でいたかった。だから、幼いあの子に、殺人の濡《ぬ》れ衣《ぎぬ》を着せようとした。私が刑務所に入ったら、あの子は孤児になってしまうから。幼い子なら殺人罪には問われないから、奥さんを殺した証拠のナイフをあの子に握らせた。だけど、あの子は、ナイフを握らせると、ぞっとするような表情で私を刺した」

真江は右手で目を覆った。彼女は沙羅を犯人に仕立てるつもりだったらしい。また、篠崎家は恵子を殺害されたにもかかわらず、警察に通報しなかった。賢吾は妻の死の原因を知らなかったので、息子の雅人が揉《も》み消したのだろう。彼にとっても、女帝のような母親の死は都合がよかったに違いない。

「あなたは、沙羅が解離性同一性障害だということを知らないんですか？　あなたを刺したのは沙羅ではなく、第二の人格だったんです」

神谷はサナエを思い出した。彼女なら母親を刺したとしても驚かない。

「なにそれ？　二重人格のこと？　……そう言えば時々、あの子は豹変《ひょうへん》していたわ」

真江は遠い目をして何度も頷いた。

「医学的に、今は二重人格とは言いませんが、あなたが沙羅に送った手紙で、彼女は精神的におかしくなってしまいました。現状は、眠ったまま目覚めません。このままでは、彼女は精神崩壊する可能性もあります」

神谷は沙羅の状況を説明した。

「そんな」

真江は両眼を見開いている。

「幼い彼女を虐待していたのは、あなたですか？」

神谷は厳しい目で真江を見た。

「褒められた母親じゃなかったことは認める。言い訳がましいけど私は常に暴力を受けて、精神的に普通じゃなかったから。だけど、私の目を盗んで、あの女は沙羅を殴っていた。後で聞いたら、我慢しないと殺すと脅されていたって。辛くても叫ばないように数を数えるようにあの子に教えたのも、あのくそババアよ」

真江は怒りで興奮気味に答えた。恵子はサイコパスだったのだろう。

「沙羅は、幼い頃の記憶を失っています。今回、沙羅がおかしくなったのはあなたが原因ですが、彼女を救えるのもあなただけなんです」

「私は、どうしたらいいの？」

真江は半身を起こした。

「彼女に、あなたの正直な気持ちをボイスメッセージで送るのです」

神谷は自分のスマートフォンを出し、にこりと笑った。

「私はあの子に……謝りたい」

真江は手に取ったスマートフォンを見つめた。

「あなたが心を開けば、きっと彼女も応えてくれるはずです」

神谷は祈るように言った。

エピローグ

二〇二二年六月二日、午後六時五十分。秩父。

神谷《かみや》は前日宿泊した雲取《くもとり》山荘を出て、深呼吸をした。

気温は十一度ほどか。緑の香りがする空気が美味い。空は都会とは比べ物にならないほど青く透き通っている。

「なんて気持ちがいいんでしょう」

沙羅《さら》が両手を上げて背筋を伸ばしながら言った。

前日、神谷はラングラーを運転し、麓《ふもと》の三峰山《みつみねさん》の駐車場に車を止めて沙羅と山道を辿って雲取山荘に着いている。二人は日本百名山にも選ばれている雲取山の山頂を目指していた。神谷の足なら日帰りコースだが、沙羅の体力を考えて山頂手前の小屋に宿泊したのだ。

十八日前のことだが、神谷は秩父市の横瀬にある篠崎慎吾《しのざきしんご》の別荘から真江《さなえ》を救った。彼女からこれまでの経緯を聞いた上で、沙羅を救ってくれと頼んだ。

真江は沙羅にひたすら謝罪の言葉を並べ、最後に沙羅に目を覚ましてと涙ながらに懇願《こんがん》した。積年の思いが籠っており、録音に立ち会った神谷の心も動かすほどであった。彼女のボイスメールを尾形《おがた》に送り、眠っている篠崎に聞かせた。すると、真江の「目を覚まして」という言葉に反応し、沙羅が目覚めたのだ。

その夜の八時に玲奈《れいな》も目覚め、翌日から元通りに沙羅と玲奈は、交互に目覚めるようになった。だが、二人の精神状態が完全に落ち着くには、さらに一週間を要した。

神谷は真江の希望通りに、秩父の別荘を脱出した夜中に新宿《しんじゆく》警察署に送り届けている。彼女は十六年前の篠崎恵子《けいこ》殺害を自供し、篠崎慎吾と篠崎雅人《まさと》に監禁されていたことも警察に話した。現在は、拘置所に収監されているが、精神鑑定を受けることになっている。

篠崎慎吾は八人の前科者を雇っていた。神谷が最後に倒したのは、元プロボクサーで窃《せっ》盗《とう》、暴行、恐喝《きょうかつ》で前科三犯の高山龍三《たかやまりゅうぞう》という凶悪な男である。高山らは慎吾の命令で賢吾の遺産を奪う為に様々な悪事を働いたことを供述した。雅人殺害も計画の内だったのだ。慎吾は黙秘を貫いているが、送検されるのは時間の問題である。

三十分ほど山道を登ると、視界が開けた。雲取山、二〇一七・一メートルと記された石柱が立っている。頂上に到着したのだ。

「やっぱり、無理だったのかな」

沙羅が西の方角を向いて嘆《なげ》いた。

「いや、ちゃんと見えるよ。こっちだ」

神谷は南南西の方角を指差した。雲の合間から富士山の山頂が僅かに見える。

真江は十六年前、幼い沙羅を連れて観覧車に乗るためにあらかわ遊園に向かった。彼女は観覧車に乗れば、富士山が見えると思ったそうだ。子供の頃、父親と雲取山に登り、富士山を見た。辛い時は、父親と見た富士山の光景を思い浮かべて現実逃避したらしい。

その話を沙羅に話したところ、雲取山に登りたいと言い出したのだ。沙羅には、母親の現状を詳しく話した。今の段階では会うつもりはないらしい。だが、雲取山に行こうと言い出したのは、母親を理解しようとしているのだろう。

富士山までは六十キロもない。強い風が吹いているのだろうか。雲が晴れて富士山が、その雄大な姿を現した。

「綺麗。生まれて初めて自分の目で富士山を見た」

沙羅は祈るように両手を合わせた。

「俺もこんな美しい富士山を初めて見たよ」

神谷は沙羅の隣りに立った。

「お母さんが、幸せだったことってあったのかな」

沙羅の頰に涙が伝っている。

「分からない。だけど、子供の頃、ここに立って富士山を見た時は幸せだったんじゃないのかな」

神谷はしみじみと言った。

「……今度、会おうと思う」

沙羅は神谷の手を遠慮がちに握ってきた。

「そうだな。お母さんも喜ぶよ」

神谷は沙羅の手を握り返して言った。

本書はハルキ文庫の書き下ろしです。

本作品はフィクションであり、登場する人物、団体名など架空のものであり、現実のものとは関係ありません。

Haruki Bunko
ハルキ文庫

わ 4-4

911代《きゅういちいちだい》理《り》店《てん》❹ ビヨンド

著者 渡辺裕之《わたなべひろゆき》

2022年10月18日第一刷発行

発行者 角川春樹

発行所 株式会社角川春樹事務所
〒102-0074 東京都千代田区九段南2-1-30 イタリア文化会館

電話 03(3263)5247(編集)
03(3263)5881(営業)

印刷・製本 中央精版印刷株式会社

フォーマット・デザイン 芦澤泰偉
表紙イラストレーション 門坂 流

本書の無断複製(コピー、スキャン、デジタル化等)並びに無断複製物の譲渡及び配信は、著作権法上での例外を除き禁じられています。また、本書を代行業者等の第三者に依頼して複製する行為は、たとえ個人や家庭内の利用であっても一切認められておりません。
定価はカバーに表示してあります。落丁・乱丁はお取り替えいたします。

ISBN978-4-7584-4522-1 C0193 ©2022 Watanabe Hiroyuki Printed in Japan
http://www.kadokawaharuki.co.jp/[営業]
fanmail@kadokawaharuki.co.jp[編集]　ご意見・ご感想をお寄せください。

渡辺裕之の本

911代理店

「911」——米国は日本と違い、警察、消防、救急の区別なく、緊急事態は全てこの番号に電話を掛ける。そこで必要な処置を決定するのだ。「株式会社911代理店」はそれを日本で行うことを目的とする。恋人をテロで失い自棄になっていた元スカイマーシャルの神谷隼人は、ある出来事を契機にそこに勤めることに。しかし元悪徳警官と名高い社長をはじめ、元詐欺師に現天才ハッカーなどと、社員は皆一癖も二癖もあって!?　最強のアウトローたちが正義とは何かを問う、痛快アクション！

ハルキ文庫